André Marx
Boris Pfeiffer

Das wilde Pack

träumt von der Freiheit

Illustrationen von Sebastian Meyer

W0270861

KOSMOS

Cover- und Innenillustrationen von Sebastian Meyer, Wiesbaden
Umschlaggestaltung von Michael Kimmerle, Stuttgart

Unser gesamtes lieferbares Programm und viele weitere Informationen zu unseren Büchern, Spielen, Experimentierkästen, DVDs, Autoren und Aktivitäten finden Sie unter **www.kosmos.de**

Dieser Doppelband enthält die Einzelbände:

Das Wilde Pack und der geheime Fluss (Bd. 3)
© 2008, Franckh-Kosmos Verlags-GmbH & Co. KG, Stuttgart
Das Wilde Pack lässt es krachen (Bd. 4)
© 2008, Franckh-Kosmos Verlags-GmbH & Co. KG, Stuttgart

FSC
Mixed Sources
Product group from well-managed forests and other controlled sources
www.fsc.org Cert no. SA-COC-001819
© 1996 Forest Stewardship Council

© 2010, Franckh-Kosmos Verlags-GmbH & Co. KG, Stuttgart
Alle Rechte vorbehalten
ISBN: 978-3-440-12361-4
Produktion: DOPPELPUNKT, Stuttgart
Printed in The Czech Republic / Imprimé en République tchèque

Das wilde Pack

und der geheime Fluss

Das wilde Pack lässt es krachen 129

1. Kapitel

Es war ein ganz normaler Tag auf dem Spielplatz. In dem engen Viereck zwischen den riesigen Hochhäusern tobten einige Kinder in einer Kletterburg. Im Sandkasten daneben schaufelten sich zwei kleinere gegenseitig Sand in den Mund. Und auf einer Bank saß eine Mutter und blätterte in einer Zeitschrift. Keiner von ihnen sah nach oben.

Sonst hätten sie vielleicht, wenn sie genau hingeschaut hätten, vier seltsame Gestalten entdeckt, die sehr hoch über ihnen auf der Dachkante eines der Hochhäuser saßen. Ein junger Wolf mit grauem Fell, ein riesenhafter Gorilla und zwei weiße Papageien, die dem Gorilla eng aneinandergeschmiegt auf der Schulter hockten.

»Da wären wir«, sagte Hamlet, der Wolf.

»Du meinst, das hier ist ein guter Ort, um die Menschen zu fragen?«, wollte der Gorilla Barnabas wissen.

»Ja, denn von hier können wir jederzeit schnell verschwinden.« Hamlet blickte in den wolkenverhangenen Himmel, der von Minute zu Minute dunkler wurde. Dann wandte er sich an Kaka und Du, die beiden Papageien. »Aber es fängt bald wieder an zu regnen. Dann rennen die Menschen in ihre Häuser. Sie sind noch wasserscheuer als Katzen. Ihr müsst euch also beeilen.«

»Ich bin bereit, wenn du es bist, meine Liebe«, krächzte Du an Kaka gewandt. Kaka rieb ihren Schnabel über Dus Brustfedern und nickte ihm mit schiefgelegtem Kopf zu.

»Seid vorsichtig«, meinte Hamlet. »Vielleicht denken sich die Menschen überhaupt nichts dabei, wenn sie von zwei weißen Kakadus angesprochen werden. Aber es kann auch sein, dass sie versuchen werden, euch zu fangen.«

»Aber dafür sind wir ja da«, grunzte Barnabas zuversichtlich. »Wir passen auf, dass euch nichts passiert. Und wenn doch was passiert, dann, huhu, dann können die da unten affenmäßig was erleben!« Barnabas gluckste vor sich hin, und die anderen Tiere hatten plötzlich den Eindruck, dass der Gorilla sich genau das wünschte.

Kaka und Du hüpften von Barnabas' pelziger Schulter und segelten elegant hinunter zum Spielplatz.

»Ich würde zu gern wissen, wie die Frau gleich reagiert«, murmelte Hamlet, während er den beiden nachblickte.

»Wirklich, Hammi?«, rief Barnabas freudestrahlend. »Super, dann gehe ich nachgucken!«

Und ehe Hamlet reagieren konnte, hatte Barnabas sich schon mit einem Satz über die Dachkante geschwungen und kletterte in Windeseile über die Balkone sechzehn Stockwerke in die Tiefe. »Barni, nein!«, rief Hamlet ihm hinterher. »So meinte ich das doch nicht!« Aber Barnabas war schon außer Hörweite. Und nachklettern konnte Hamlet ihm nicht. Er saß hier oben fest.

Wie immer hatte Barnabas einen Riesenspaß beim Klettern, und wie immer war es viel zu schnell vorbei. Schon hatte er den Spielplatz erreicht und duckte sich hinter einem Gebüsch. Jetzt musste er sich bloß noch ein Versteck suchen, damit die Kinder ihn nicht entdeckten, er aber gleichzeitig Kaka und Du belauschen konnte. Sein Blick fiel auf die große Kletterburg aus Holz. Da hatten die Kinder gerade noch gespielt, aber inzwischen waren sie schon bei den Schaukeln angelangt. Die Burg war also frei.

Barnabas machte sich so klein er konnte und huschte auf die Burg zu. Es gab einen Eingang, aber der war zu winzig für ihn. Also griff der Gorilla schnell unter die Seitenwand, stemmte die ganze Burg hoch und zog sie einfach über sich. Er passte gerade so hinein. Durch ein kleines Fenster hatte er einen ausgezeichneten Blick auf die Parkbank, auf der die

Frau mit der Zeitschrift saß. Eben flatterten Kaka und Du neben sie auf die Rückenlehne.

Barnabas spitzte die Ohren, als er hinter sich plötzlich ein Geräusch hörte. Er drehte den Kopf. Im Eingang der Burg stand ein kleines blondes Mädchen mit Zöpfen. Es hatte einen gelben Lutscher in der Hand, an dem eine ganze Menge Sand klebte, und starrte ihn mit offenem Mund an.

Barnabas schloss die Augen in der Hoffnung, dass das kleine Mädchen ihn dann nicht mehr sehen würde. Aber dann fiel ihm ein, dass das ja Quatsch war, und öffnete sie wieder.

Im selben Augenblick lachte das Mädchen: »Du bist aber ein großer Affe.«

Während Barnabas Gesicht sich zu einem breiten Grinsen verzog, beobachteten Kaka und Du die Frau auf der Parkbank. Sie blickte besorgt in den Himmel, wo eine breite Front gewaltig dunkler Regenwolken über die Dächer heranzog. Schnell faltete sie ihre Zeitschrift zusammen und wollte gerade ihre Kinder rufen, als sie ein leises Krächzen hinter sich hörte. Erschrocken drehte sie sich um, aber dann breitete sich ein entzücktes Lächeln auf ihrem Gesicht aus. Vor ihr saßen zwei wunderschöne weiße Papageien auf der Rückenlehne der Bank.

»Wo kommt ihr zwei Hübschen denn her? Ihr seid Kakadus, nicht wahr? Und dann gleich zwei, wie meine Zwillinge.« Sie wandte sich an die spielenden Kinder. »Kinder, kommt mal schnell gucken!« Aber die Zwillinge waren immer noch damit beschäftigt, Sand zu essen, und die Älteren spielten jetzt alle wieder bei der Holzburg.

Die Frau kramte in ihrer Handtasche und zog einen Zuckerkeks hervor. Damit wedelte sie vor den Schnäbeln der beiden Kakadus herum. »Na, wollt ihr? Happi, happi! Keine Angst, Mami tut euch nichts.«

Mit großen Augen wandte sich Kaka an Du: »Wieso sagt sie, sie sei unsere Mami? Sie hat doch bestimmt nicht die Eier gelegt, aus denen wir geschlüpft sind!« Doch die Frau hörte nur ein Krächzen.

Du schüttelte den Kopf. »Keine Ahnung, meine Liebe, aber vielleicht tun wir ihr einfach den Gefallen?« Dann beugte er sich vor und knabberte ein bisschen an dem Keks.

»Na, komm, du auch!« Die Frau hielt Kaka den Keks hin.

Doch Kaka stellte adrett ihren Federkamm auf, räusperte sich und sagte plötzlich in Menschensprache zu der Frau: »Nein danke, für mich nicht. Aber Sie scheinen eine sehr nette Dame zu sein, vielleicht können Sie uns in einer anderen Angelegenheit weiterhelfen?«

Die Frau riss die Augen auf. »Sprechen könnt ihr auch! Nein, wie possierlich! Aber wer hat euch denn diesen Unsinn beigebracht?«

Kaka zuckte zusammen. »Wieso Unsinn? Habe ich etwas Falsches gesagt?«, raunte sie Du zu.

»Nicht, dass ich wüsste, meine Liebe«, krächzte Du und schaltete dann auf Menschensprache um: »Wir hätten nur eine Frage. Könnten Sie uns sagen, wo ihr Menschen Schiffe baut?«

Die Frau kreischte los. »Herrlich! Also nein! Wo habt ihr das denn aufgeschnappt?« Sie hielt Kaka und Du wieder den Zuckerkeks hin. Doch nun schloss auch Du den Schnabel und schüttelte den Kopf. »Seien Sie mir nicht böse, aber Kaka zuliebe sollte ich etwas auf meine Figur achten!«

Die Frau kreischte. »Köstlich! Einfach köstlich! Wer hat dir das nur beigebracht?! Aber kannst du denn auch was Vernünftiges sagen? Komm, sag mal: ›Ich heiße Lora.‹«

»Ich heiße aber nicht Lora«, antwortete Du. »Ich heiße Du. Und das ist meine liebe Kaka. Und um endlich auf unser Anliegen zurückzukommen: Wo baut ihr Menschen Schiffe?«

Die Frau lachte so heftig, dass ihr Kekskrümel aus dem Mund spritzten. »Kinder, kommt endlich her! Diese Vögel sind völlig verrückt.«

Die kleinen Kinder im Sandkasten sahen zu ihrer Mutter. Dann schob sich eines von ihnen eine Schaufel Sand in den Mund. »Nicht den Sand essen. Das ist pfui!« Entsetzt ließ die Frau den Keks fallen, sprang auf und zückte ein mächtiges Taschentuch.

Du schüttelte den Kopf. »Es hat keinen Sinn, Kaka. Sie antwortet uns einfach nicht.«

»Allerdings, mein Lieber«, antwortete Kaka. »Sie versteht uns zwar, aber sie nimmt keines unserer Worte ernst.«

Du sah Kaka zärtlich an. »An dir lag es bestimmt nicht, meine Liebe. Aber vielleicht finden wir ja noch Menschen, die zugänglicher sind.«

»Dann müssen wir uns beeilen«, krächzte Kaka. »Es wird gleich regnen.«

Du sah hinüber zu den Kindern bei der Kletterburg, zwei Jungen und einem jüngeren Mädchen. Die beiden Jungen hingen kopfüber an einer Stange, trommelten sich auf die Brust und kreischten laut. »Ob sie uns helfen können?«

»Einen Versuch ist es wert«, rief Kaka und flatterte hoch.

Die beiden Papageien segelten Richtung Klettergerüst. »Guten Tag«, rief Du den Kindern zu.

Die Kinder reckten die Hälse. Elegant landete Kaka vor ihnen auf einer Stange. »Hallo, hallo!«

»Ein sprechender Papagei!«, rief einer der Jungen.

»Zwei sprechende Papageien«, korrigierte Du, als er sich neben Kaka hockte. »Wir hätten mal eine Frage. Ich hoffe, ihr könnt uns weiterhelfen.« Die Kinder brachen in wildes Gelächter aus. »He, Lukas, der spricht mit uns!«, rief der zweite Junge.

»Was willst du wissen?«, rief Lukas.

Kaka ließ erleichtert ihren Schnabel klappern. »Könnt ihr uns sagen, wo man Schiffe baut? Große Schiffe aus Holz, mit denen man das Meer befahren kann.«

»Piratenschiffe!« Lukas biss sich konzentriert auf die Lippe. Dann schüttelte er den Kopf. »Nein, so was kenne ich nur aus dem Fernsehen.«

»Ich weiß es!«, rief plötzlich das kleine Mädchen.

»Ah«, rief Kaka erfreut. »Und wo?«

Das Mädchen öffnete den Mund. Dann aber beäugte es Kaka plötzlich misstrauisch. »Ich muss erst den Affenkönig fragen, ob ich das sagen darf!«

Kaka und Du sahen sich erschrocken an. »Den Affenkönig?«

Die Jungen jubelten. »Ja! Der Affenkönig muss bestimmen.«

Kaka und Du schlugen unsicher mit den Flügeln. »Und wo ist dieser Affenkönig?«

»In seiner Burg natürlich.« Lukas zeigte auf die Kletterburg.

»Oh großes Kakadu-Ei!«, rief Du entsetzt. Eine schreckliche Ahnung beschlich ihn. Im selben Moment fuhr ein heftiger Windstoß über den Spielplatz und wirbelte eine Sandwolke durch den Sandkasten. Die Mutter mit den Zwillingen suchte das Weite.

Das Mädchen und die beiden Jungen rannten auf die Burg zu. »He, Affenkönig!«, rief das Mädchen. »Da sind zwei Vögel, die wissen wollen, wo man Schiffe baut. Dürfen wir das verraten?«

Aus der Burg drang ein tiefes Schnauben. Aber nur Kaka und Du verstanden, was der Gorilla rief. »Tut mir leid, Leute. Das Mädchen hat mich vorhin entdeckt.«

»Du verrückter Fellberg!«, grollte Du. »Was machst du denn hier unten?«

»Hamlet hat gesagt, er will wissen, was ihr mit der Frau redet«, erklärte Barnabas.

Das konnten Kaka und Du zwar nicht ganz glauben, aber das war jetzt auch nicht wichtig. »Gib den Kindern schon ein Zeichen, sonst sagen sie nichts«, krächzte Kaka aufgeregt.

Aus der Burg schob sich der gewaltige Arm eines Gorillas und winkte den Kindern huldvoll zu.

Das Mädchen jauchzte. »Er hat es erlaubt!«

Sie wandte sich Kaka und Du zu. »Der Mann, der die Schiffe baut, wohnt da hinten.« Sie zeigte quer über den Spielplatz. »Wo früher die Eisenbahn gefahren ist. Unter dem alten Wasserturm.«

Lukas nickte eifrig. »Das stimmt. Aber wenn wir da hingehen, jagt er uns immer weg.«

»Ja«, rief der zweite Junge. »Da müsst ihr echt aufpassen.«

Neben Kaka machte es plopp. Ein dicker Regentropfen fiel

auf den Boden. Und im nächsten Moment machte es wieder plopp. Und plopp. Und plopp. Und plopp, plopp. Und dann fing es wirklich an zu schütten.

»Wir müssen nach Hause!«, drängte das Mädchen. »Tschüss, Affenkönig!«

Der Gorillaarm winkte.

»Tschüss, Vögel«, riefen die Jungen. »Danke, dass ihr mit uns gespielt habt.« Die Kinder rannten durch den Regen weg, und dann lag der Spielplatz verlassen da.

»Barnabas, du kannst rauskommen!«, rief Kaka.

Die Burg hob sich in die Höhe, und ächzend krabbelte der Gorilla ins Freie. Der Regen prasselte auf seinen massigen Körper. Barnabas reckte seinen Kopf und streckte die Zunge raus. »Hm, süßer Regen.«

»Auf jeden Fall wissen wir jetzt, wo die Menschen Schiffe bauen«, krächzte Kaka.

»Super!« Barnabas schwang sich schon an der nächsten Hauswand nach oben.

»Das müssen wir den anderen erzählen«, rief Kaka. »Auf ins Paradies!«

»Ich komme schon, meine Liebe!«, gab Du zurück.

Dann stiegen Kaka und Du wie zwei weiße Sterne in die Luft.

2. Kapitel

Hamlet hatte sich fest vorgenommen, mit Barnabas zu schimpfen, sobald er wieder auf dem Dach angelangt wäre. Aber inzwischen goss es wie aus Eimern, und er wollte so schnell wie möglich zurück ins Paradies. Das Schimpfen konnte warten.

Das Paradies war das geheime Versteck von Kaka, Du, Barnabas, Hamlet und den anderen Tieren des Wilden Packs. Ein verlassener U-Bahnhof unter der Stadt, der eigentlich ›Paradiesplatz‹ hieß. An den Wänden wuchsen Leuchtflechten, und an den Seiten verliefen zwei Gräben, in denen verrostete Schienen lagen. Einer war verschüttet, der andere führte in einen Tunnel und dann nach draußen.

Außer den Tieren, die jetzt auf dem Rückweg waren, lebten im Paradies noch Ampel, das Chamäleon; Tulpenblüte, das Stinktier; Shiva, die Pantherdame; Ludwig, der Pavian; Caramba, der tintenblaue Frosch; Roswitha, die Schildkröte, zwei weiße Ziegen und Oskar, der selbst nicht wusste, was für ein Tier er war. Sie alle waren auf den verschiedensten Wegen ins Paradies gekommen. Und bis vor kurzer Zeit hatte es nur eine einzige Regel des Zusammenlebens gegeben: Keiner durfte einen anderen fressen!

Doch seitdem Hamlet und Barnabas bei ihnen waren, war vieles anders. Die beiden waren aus dem Zoo geflohen, und gemeinsam hatten sich die Tiere gegen Zoodirektor Müller zur Wehr gesetzt, der Hamlet wegen seines schönen Fells verfolgt hatte. Seit diesem ersten gemeinsam überstandenen Abenteuer waren die Tiere wirklich Freunde geworden.

Trotzdem war das Leben in der Stadt alles andere als vollkommen. Ständig wurden sie von Menschen bedroht. Allen voran Zoodirektor Müller, der ihnen immer noch auf den Fersen war. So hatten sie vor kurzem den Plan gefasst, mit einem großen Schiff zu fliehen und jedes Tier zurück in seine Heimat zu bringen. Und das hatte zum heutigen Ausflug von Hamlet, Barnabas, Kaka und Du geführt. Sie mussten herausfinden, wie man Schiffe baute. Und die beiden Kakadus waren die Einzigen, die die Menschensprache beherrschten, auch wenn sie die meiste Zeit so taten, als könnten sie nur bestimmte Sätze sagen.

Als die vier nun tropfnass das Paradies erreichten, wurden sie schon ungeduldig von den anderen Tieren erwartet.

»Und, Leute?«, rief Tulpe, das Stinktier, aufgeregt. »Was habt ihr bei den Menschen herausgefunden?«

»Ja, wo bauen sie Schiffe?«, fragte Shiva.

»Wen habt ihr denn eigentlich gefragt?«, wollte Ludwig wissen.

»Caramba?«, rief Caramba, der tintenblaue Frosch.

Roswitha, die uralte Riesenschildkröte, wollte auch etwas sagen, war aber zu langsam. Sie hatte gerade den Mund geöffnet, da waren alle Fragen schon gestellt worden, die ihr auf der hundertjährigen Zunge gelegen hatten.

»Nun lasst sie doch mal zu Wort kommen!«, forderte das Chamäleon Ampel und kletterte langsam von seinem warmen Ofenrohr auf die Bank, wobei er nach und nach die Farbe des Holzes annahm. Kaka und Du flatterten auf das Holzschild, auf dem in verwitterten Buchstaben ›Paradiesplatz‹ zu lesen war. Und Barnabas und Hamlet hockten sich mitten in das Wilde Pack. Abwechselnd erzählten sie, was sie auf dem Spielplatz erlebt hatten. Von der Frau, die ihnen nicht antworten wollte, und von den Kindern, die ihnen schließlich geholfen hatten.

»Aber eins haben wir noch nicht erzählt«, sagte Barnabas und unterdrückte ein Kichern. »Da war noch das kleine Mädchen, wisst ihr, und das kleine Mädchen hat gesagt: ›Moment mal‹, hat das kleine Mädchen gesagt, ›wir müssen erst noch den Affenkönig um Erlaubnis fragen!‹« Jetzt fing Barnabas hinter seiner vorgehaltenen Gorillahand an zu prusten. »Der Affenkönig, versteht ihr? Damit meinte sie mich!« Er wandte sich an Hamlet. »Hammi, ist das nicht witzig? Ich meine, ich bin ja gar kein König. Aber das kleine Mädchen hat das geglaubt. Dabei habe ich ... Hammi? Warum schaust du mich denn so komisch an? Was ist denn los?«

Barnabas bemerkte, dass nicht nur sein Freund Hamlet ihn komisch anschaute, sondern alle Tiere. Doch Hamlet war schließlich der Erste, der das Wort an ihn richtete: »Fast hätte ich vergessen, dass ich noch mit dir schimpfen wollte. Wieso bist du denn einfach so nach unten geklettert?«

»Du hast doch gesagt, du wüsstest gern, was die da unten sagen!«

»Aber damit meinte ich doch nicht, dass du runterklettern sollst!«

»Nein? Ach so. Ich dachte halt.«

Hamlet seufzte tief. »Ein für allemal, Barnabas: Das ist gefährlich! Das war purer Übermut! Man weiß nie, wie Menschen reagieren, wenn sie ... wenn sie einen ausgewachsenen Gorilla vor sich haben.«

»Ach, das waren doch nur Kinder«, fand Barnabas. »Die tun nichts, die wollen bloß spielen. Solange Menschen klein sind, sind sie eigentlich ganz nett, finde ich. Hast du gesehen, sie haben die ganze Zeit so getan, als wären sie Affen. War das nicht lustig?«

Hamlet lief besorgt hin und her. »Barnabas. Wenn die erwachsenen Menschen dich sehen, bringt uns das alle in Gefahr. Früher oder später wird Zoodirektor Müller davon Wind bekommen, und dann macht er wieder Jagd auf uns. Ich bin froh, dass er unsere Spur verloren hat. Und das soll auch so bleiben.«

Der Gorilla senkte den Kopf und spielte an seinen Zehen. »'Tschuldigung«, murmelte er.

»Aber Leute, Glück gehabt, es ist ja noch mal gut gegangen«, kam ihm Tulpe, zu Hilfe. »Lasst uns lieber überlegen, was wir mit dem Schiff machen!«

»Am besten kundschaftet ihr diesen Mann aus, von dem die Kinder geredet haben«, sagte Hamlet. »Beobachtet ihn und versucht herauszufinden, wie er die Schiffe baut.« Während Hamlet sprach, blickte er nur Kaka und Du an.

»Sollen wir etwa alleine losziehen, Hamlet?«, fragte Kaka verwundert.

»Ja. Aber haltet euch von den anderen Menschen fern und redet nicht mit ihnen! Ihr könnt Spy mitnehmen. Ich bin sicher, der schwirrt irgendwo da draußen herum. Für uns Vierbeiner ist es tagsüber zu gefährlich in der Stadt.«

Kaka und Du nickten einander zu, dann flatterten sie auf und segelten elegant aus der Halle in den Tunnel, der nach draußen führte.

Sie waren gerade verschwunden, als es plötzlich ein platschendes Geräusch ganz in der Nähe gab, gefolgt von watschelnden, nassen Schritten. Es war Oskar, der aus seinem Gully gesprungen war. Oskar war das seltsamste Tier im Wilden Pack. Mit seinem Entenschnabel, den Schwimmfüßen, dem Biberschwanz und seinem wasserdichten Fell sah er aus wie eine Kreuzung aus allen möglichen Tieren. Und selbst wenn er vor einiger Zeit im Museum einiges über sich herausgefunden hatte, wusste er noch immer nicht, was für ein Tier er war. Immerhin aber hatte er entdeckt, dass es noch andere wie ihn gab, und dass seinesgleichen in Höhlen am Wasser lebte.

Deswegen hatte sich Oskar am Rande des Gullys, in dem er lebte, eine Wohnhöhle aus Holz und Lehm gebaut. Es war ein einfacher Raum, in den Oskar gerade so hineinpasste, ohne dass sein Entenschnabel ins Freie ragte. Aber er fand ihn sehr gemütlich.

»Hey, Oskar!«, rief Tulpe und wuselte auf ihn zu. »Die anderen haben gerade erzählt, was sie in der Stadt herausgefunden haben über Schiffe und –«

»Ich muss euch auch was erzählen!«

Tulpe schwieg überrascht. Normalerweise war Oskar ein sehr höflicher und freundlicher Zeitgenosse. Wenn er sie unterbrach, musste es wirklich wichtig sein.

Oskar kletterte rasch auf das Dach seiner Höhle, um besser zu den anderen sprechen zu können: »Rafina ist bei mir im Gully aufgetaucht. Sie hat eine Nachricht für uns!«

»Rafina?«

»Was wollte die denn?«

»Glaube ich nicht!«

Sofort war das Wilde Pack in heller Aufregung. Rafina, die Riesenschlange, gehörte zwar auch irgendwie zu ihnen, aber eben nur irgendwie. Die meiste Zeit lebte sie ganz für sich in einer Höhle im Labyrinth und ließ sich oft wochenlang nicht blicken. Niemand wusste so recht, was sie da eigentlich machte und was sie fraß, um nicht zu verhungern. Außerdem hatte sie auch seltsame Kräfte. Deshalb war sie vielen Tieren ein bisschen unheimlich.

»Doch, wirklich!«, rief Oskar. »Sie war gerade bei mir!«

Das Chamäleon Ampel lief gelblich an. »Aber warum? Rafina ist eine Anakonda und keine Wasserschlange. Warum sollte sie denn zu dir in den Gully kommen? Und wie ist sie da überhaupt hingelangt?«

»Keine Ahnung«, entgegnete Oskar. »Aber sie ist da gewesen und hat gesagt, sie hätte uns allen etwas Wichtiges mitzuteilen. Für den Schiffbau. Und ich soll euch zusammentrommeln, und dann sollen wir in ihre Höhle kommen.«

»Und das sagt sie ausgerechnet dir?«, höhnte Ludwig, der Pavian. »Dass ich nicht lache! Das denkst du dir doch nur aus, damit dir wieder mal alle zuhören!« Ludwig schaukelte auf einer der alten Lampen über ihnen hin und her. »Du willst dich nur wichtig machen!«

»Gar nicht«, rief Oskar. »Das wollte ich noch nie.«

»Genau, und hör auf zu stänkern, Ludwig«, warnte Tulpe.

Aber Ludwig gab noch nicht auf. »Woher weiß Rafina das eigentlich mit dem Schiff? Die hat doch gar keine Ahnung von dem Plan! Abgesehen davon, dass es sowieso eine völlig blöde Idee ist, da lachen ja die Affen!«

»Sie weiß es von mir«, antwortete Hamlet und sah den Pavian gelassen an. »Ich habe ihr von dem Plan erzählt. Und Rafina findet ihn so großartig, dass sie uns helfen will. Deswegen war sie bestimmt auch bei Oskar.«

»Helfen!«, kreischte Ludwig. »Dass ich mich nur nicht totlache! Warum kommt sie denn nicht gleich hierher, wenn sie uns doch angeblich helfen will?«

»Das weiß ich doch nicht. Sie wird schon ihre Gründe haben.«

»Die kann ich mir schon denken, diese Gründe! Hunger hat sie! Sie will uns in die Falle locken! Und ihr seid auch noch so doof und geht freiwillig da hin. Sie wird euch alle erwürgen und dann mit ihrem Riesenmaul verschlingen.«

»Rafina gehört zu uns«, knurrte Hamlet wütend. »Sie hat sich bis jetzt immer an die Regel gehalten und noch nie einem anderen Tier etwas zuleide getan.«

»Pah, woher willst du das denn wissen? Du hast sie ja erst zweimal gesehen! Spielst dich hier mal wieder als Boss auf und tust so, als wüsstest du über alles Bescheid. Dabei kannst du gerade fünf Schritte ins Labyrinth machen, bevor du dich verläufst.«

Hamlets Knurren wurde lauter und drohender, und er hatte nicht wenig Lust, den Pavian durch das Paradies zu jagen. Doch da meldete sich plötzlich Shivas sanfte Stimme.

»Du musst ja nicht mitkommen, Ludwig«, schnurrte die Pantherdame. »Niemand muss mitkommen. Das kann jeder frei entscheiden. Aber ich werde dich begleiten, Hamlet. Ich finde, es lohnt sich immer, Rafina zuzuhören.«

Hamlet blickte in die Runde. Er konnte die Unsicherheit der anderen wittern. Viele waren ganz und gar nicht begeistert von der Idee, zu Rafina zu gehen. Aber sie wollten auch nicht für Ludwig, den alten Stänkeraffen, Partei ergreifen.

»Ich komme auch mit!«, sagte Tulpe schließlich. Schnell gesellten sich auch Ampel und Caramba, der tintenblaue Frosch, dazu. Sogar die beiden weißen Ziegen, die nie etwas sagten, waren dabei. Und Oskar und Barnabas sowieso.

»Dann los!«, sagte Hamlet. »Vergeuden wir keine Zeit.«

Er ging zu dem großen Autoreifen, der den Eingang ins Labyrinth versperrte, und rollte ihn zur Seite.

»Ha!«, kreischte Ludwig und schwang sich von einer Lampe zur anderen. »Bestellt Rafina einen schönen Gruß von mir! Und wünscht ihr guten Appetit!«

3. Kapitel

Auch die Gänge im Labyrinth waren mit Leuchtflechten bewachsen. Doch es waren viel weniger, und hier und da waren die Gänge stockfinster. Shiva hatte die Führung übernommen. Mit ihren Katzenaugen konnte sie selbst dann noch etwas sehen, wenn die anderen Tiere nur noch Schwärze vor der Schnauze hatten.

Sie steuerte Rafinas Höhle an. Doch die Gruppe hatte den Weg gerade erst halb zurückgelegt, als sich vor ihnen in der Dunkelheit etwas regte. Sie blieben stehen. Hamlet kam an Shivas Seite. Alarmiert blickten sie in die Dunkelheit.

Die Decke über ihnen verwandelte sich langsam in ein seltsam rotierendes Muster, aus dem sich plötzlich ein großer Schlangenkopf senkte. »Da seid ihr«, sagte der Schlangenkopf mit sanfter, merkwürdig singender Stimme.

»Rafina«, rief Hamlet. »Wir waren gerade auf dem Weg zu dir! Warum bist du nicht in deiner Höhle?«

»Wassser«, gab die Anakonda zurück und schwieg, als wäre das bereits eine Antwort.

»Wasser?«, wiederholte Hamlet, doch Rafina erklärte nichts. Stattdessen zischte sie: »Ich habe lange über deine Idee nachgedacht, Hamlet. Ein Schiff, das in die Freiheit fährt. In immergrüne, menschenleere Länder. In die Länder meiner Träume. Dassss gefällt mir. Ich helfe euch.«

»Sehr gerne«, antwortete Hamlet. »Wie denn?«

Rafina schlängelte sich langsam von der Decke hinab auf den Boden, während sie weitersprach. »Habt ihr schon darüber nachgedacht, wo ihr das Schiff bauen wollt?«

»Na, hier unten«, antwortete Ampel.

»Na, am Wasser«, sagte Tulpe gleichzeitig. Sie blickten einander überrascht an.

»Hier unten«, fuhr Ampel etwas vorsichtiger fort, ein Auge auf Tulpe gerichtet, das andere auf Rafina, »weil wir natürlich in Sicherheit sein müssen vor den Menschen. Wir können so ein Schiff ja nicht mitten in der Stadt bauen.«

»Und das fänden die nicht gut«, mischte Barnabas sich ein. »Die finden vieles nicht gut, was man so machen kann.«

»Aber ein Schiff muss logischerweise am Wasser gebaut werden«, widersprach Tulpe. »Sonst bringt es ja nichts. Stell dir vor, du baust das Schiff mitten im Paradies. Irgendwann ist es fertig – und dann? Dann steht es da und kann nicht schwimmen, weil kein Wasser in der Nähe ist.«

Rafinas langer, olivgrüner Körper war nun unten angekommen. Langsam glitt sie zwischen Shivas Beinen hindurch, umrundete Ampel, Tulpe und Oskar, legte sich wie eine Acht um die beiden Ziegen und blieb beunruhigend lange vor Caramba stehen. Ihre gespaltene Zunge zischelte hervor, so als hätte sie ganz plötzlich Appetit auf Frosch bekommen. Doch dann machte sie einen Bogen um ihn, legte sich wie ein Gürtel um Barnabas' Bauch und blieb mit ihrem Kopf schließlich vor Hamlets Schnauze stehen. Ihre grauen Reptilienaugen schauten ihn ausdruckslos an. »Ich schliesssse daraussss: Ihr habt noch nicht darüber nachgedacht.«

»Na ja«, druckste Hamlet herum, »noch nicht so richtig. Ampel hat natürlich recht: Wir können das nicht in der Stadt machen. Aber Tulpe hat ebenso recht. Wir müssen das Schiff am Wasser bauen.«

»Und wenn wir es im Paradies bauen und später zum Wasser tragen?«, schlug Oskar vor.

»So ein Schiff ist aber schwer«, meinte Tulpe.

»Barnabas kann es bestimmt tragen.« Oskar sah den Gorilla bewundernd an. »Der ist so stark, der schafft alles!«

»Ich weiß nicht«, grunzte Barnabas und kratzte sich verlegen am Kopf. »Ich habe heute so eine Burg aus Holz hochgehoben, und die war schon ganz schön schwer. Dabei war die nicht mal groß, ich habe gerade so reingepasst. Wenn ich mir ein Schiff vorstelle, in das wir alle passen sollen ... Nein, also, das ist wahrscheinlich sogar für mich zu viel.«

Oskar senkte enttäuscht den Schnabel. »Aber was machen wir denn dann?«

Rafinas olivgrüner Körper mit den schwarzen Flecken setzte sich wieder in schwindelerregende Bewegung, bis ihr Kopf bei Oskar angekommen war. »Rafina fragen!«

»Na schön«, murmelte Oskar unbehaglich und versuchte, ein paar kleine Schritte zurückzuweichen, aber da war immer noch Rafinas Körper, genau genommen war er überall. »Was sollen wir jetzt machen, Rafina?«

»Wasssser«, sagte die Riesenschlange. »Wasssser ist gut. Wasssser hat viele Kräfte. Wasssser trägt Holz. Folgt dem Weg des Wasssers und macht euch seine Kraft zunutzzze!«

»Bitte.« Shiva hob den Kopf. »Kannst du uns nicht erklären, was du meinst, anstatt nur in Rätseln zu sprechen?«

Die Schlange zischelte verächtlich. »Was ihr Säuger in den Beinen habt, fehlt euch im Kopf.«

»Mein Reden!«, platzte Ampel heraus und wurde sogleich rot, weil ihm alle böse Blicke zuwarfen.

»Doch ich will es euch erklären.« Wieder setzte Rafina sich in Bewegung, so dass allen, die ihr zu lange dabei zusahen, etwas schwindlig wurde. »Wenn die Zeit kommt, die viel Regen bringt, dann steigt hier unten das Wasssser. Es tropft durch die Decke. Es rinnt durch die Kanäle. Es fliesssst durch die Tunnel. Die Tropfen formen Pfützzzen. Die Pfützzen laufen über und werden zu Rinnsalen. Die Rinnsale sammeln sich zu kleinen Bächen. Aus kleinen Bächen werden große Bäche, und die werden zu Flüssen, zu Strömen, zu reissssenden Fluten. Zweimal im Jahr muss ich meine Höhle verlassen, wenn das Wasser zu hoch steigt.«

»Deshalb bist du hier!«, rief Hamlet. »Weil deine Höhle überflutet ist!«

Rafina nickte langsam.

»Aber warum merken wir davon nichts im Paradies?«, wollte Barnabas wissen.

»Das Paradies liegt zu hoch«, antwortete Ampel. »Wenn das Wasser langsam von unten nach oben steigt, erreicht es das Paradies später als Rafinas Höhle. Es gab aber Zeiten, in denen auch das Paradies überschwemmt war.«

»Aber was hat denn das alles mit unserem Schiff zu tun?«, wollte Oskar wissen. Nun sahen alle wieder zu Rafina.

»Wenn es regnet«, sagte Rafina, »dann rauscht es.«

»Es rauscht?«

»Es rauscht. Ersssst leise, dann lauter. Ersssst schwach,

dann kraftvoll. Es rauscht aus der Tiefe. Es rauscht von dort, wo alle Rinnsale, Bäche und Flüsse sich treffen. Wo das Wasssser einssss wird mit sich selbssssst. Wo es sich vereint zu einem reissssenden Strom.«

»Du meinst …« Hamlet wagte kaum, seinen Gedanken zu Ende zu sprechen. »… da unten ist ein Fluss?«

Die Schlange nickte. »Ich höre ihn Jahr für Jahr. Gesehen habe ich ihn noch nie. Aber er mussss da sein, irgendwo tief, tief unter uns.«

»Aber das wäre ja genau der richtige Ort für unser Schiff!«, rief Tulpe. »Ein Fluss, versteckt vor den Menschen!«

»Nicht *ein* Fluss«, widersprach Rafina. »*Der* Fluss. Euer Fluss. Unser Fluss.«

Plötzlich waren die Tiere ganz aufgeregt. Die Vorstellung von einem unterirdischen Fluss beflügelte alle.

»Fließt der Fluss denn auch ins Meer?«, fragte Oskar.

»Alle Flüsse fließen ins Meer«, war sich Ampel sicher.

»Wir müssen diesen Fluss finden«, rief Tulpe. »Aber wie?«

Ampel wusste die Antwort. »Das hat Rafina doch schon gesagt. Ihr Säuger seid wirklich langsam im Kopf.«

»Ach ja?«, erwiderte Tulpe säuerlich. »Dann erzähl's mir doch mal, du Farbwechsler!«

»Es ist ganz einfach. Wir müssen nur dem Wasser folgen. Früher oder später wird es sich mit dem Fluss vereinigen.«

Rafina nickte zufrieden. Und ganz kurz glaubte Ampel, dass sie ihm sogar zugezwinkert hatte. »Ihr müsssst schnell aufbrechen«, sagte die Anakonda. »Wenn der Regen aufhört, findet ihr den Weg nicht mehr. Aber seid vorsichtig! Das Wasssser birgt auch Gefahren. Kämpft niemals gegen das Wasssser an! Ihr müsst seine Kraft nutzzzzen. Wenn ihr dagegen ankämpft, seid ihr verloren!«

4. Kapitel

Aufgeregt schnatternd marschierte das Wilde Pack tiefer ins Labyrinth. Jetzt waren sie gepackt von Abenteuerlust.

Plötzlich spitzte Hamlet die Ohren. »Hört ihr das?«

Die anderen lauschten. Nicht jedes Tier hatte so gute Ohren wie der Wolf. Aber Shiva wusste, was er meinte: »Ich höre Wasser rauschen. Das war es, was Rafina gemeint hat.«

Sie setzten ihren Weg fort. Das Rauschen wurde immer lauter, bis alle es deutlich hören konnten. Die Tunnel und Gänge führten immer tiefer unter die Erde. Der Boden war inzwischen aufgeweicht, die Wände glitzerten feucht. Dann erreichten sie Rafinas kleine, runde Felsenhöhle.

Hamlet hatte sich vorgestellt, die Höhle wäre komplett überschwemmt, doch da hatte er die Anakonda missverstanden. Ein kleiner Wasserfall rauschte aus einem Loch nahe der Decke, setzte den Höhlenboden unter Wasser und floss durch einen Spalt in der Wand wieder ab.

»Hier würde ich auch nicht wohnen wollen«, quiekte Tulpe und rümpfte die Nase.

»Also, ich find's sehr gemütlich!«, rief Oskar und watschelte sogleich in das kalte Nass.

»Caramba!«, rief Caramba und hüpfte hinterher.

»Rafina hat gesagt, wir sollen dem Wasser folgen«, murmelte Barnabas. »Heißt das, wir müssen durch den Spalt da?«

»Ich schätze ja«, antwortete Hamlet. Er sah sich den Spalt an. »Sieht verdammt eng aus, aber ich passe wohl durch.«

»Ich nicht«, brummte Barnabas. »Ich kann nicht mitkommen. Oh je, Hammi, kommst du denn alleine zurecht?«

»Wird schon gehen«, murmelte Hamlet verlegen.

»Außerdem ist er nicht allein!«, rief Tulpe. »Ich komme mit auf die Suche, ist doch klar!«

»Ich auch«, sagte Oskar. »Ich kann schwimmen und tauchen, das wird bestimmt noch nützlich sein.«

»Was ist mit dir, Shiva?« Hamlet sah die Pantherdame fragend an. Sie hatte sich noch nicht in die nasse Höhle hineingetraut. Unsicher wagte sie immer wieder einen halben Schritt vor, wich aber zurück, bevor ihre Pfoten das Wasser berührt hatten.

»Ich kann nicht«, murmelte sie unbehaglich. »Das viele Wasser … Ich fange jetzt schon an zu zittern, ob ich will oder nicht. Tut mir leid, Hamlet, aber Wasser ist einfach nichts für Katzen.«

Ampel seufzte. »Für Chamäleons auch nicht. Ich kehre lieber um. Schade. Ich hatte wirklich Lust auf ein Abenteuer.«

Auch die beiden Ziegen verabschiedeten sich von der Gruppe. Caramba blieb. Ihm machte das Wasser natürlich überhaupt nichts aus.

»Seid vorsichtig!«, sagte Barnabas zum Abschied, während er sich Ampel auf die Schulter setzte.

Hamlet nickte Barnabas und den anderen zu, dann schob er seinen Kopf durch den Spalt. Dahinter ging es leicht bergab. Plötzlich verlor er auf dem glitschigen Stein den Halt und rutschte abwärts. Die anderen hörten noch sein erschrockenes Jaulen, dann wurde es vom Rauschen des Wassers übertönt.

Barnabas sprang vor. »Hammi? Ist alles in Ordnung?«

Lange kam keine Antwort. Doch dann, weit, weit entfernt, war Hamlets Stimme in all dem Rauschen zu vernehmen. »Alles klar! Ihr könnt nachkommen!«

»Na gut«, meinte Tulpe erleichtert. »Dann mal los!« Beherzt sprang sie durchs Wasser und verschwand ebenfalls in dem Felsspalt.

Oskar watschelte hinterher.

»Ach, was soll's, ich komme doch mit!«, sagte Ampel plötzlich und stakselte vom pelzigen Gorillarücken herun-

ter. Doch er nahm einen anderen Weg. Anstatt durch die nasse Höhle zu waten, krabbelte er an der trockenen Wand entlang. Mit seinen starken Greiffüßen und seinem Schwanz konnte er sich an kleinsten Felsvorsprüngen festhalten. Bei dieser Taktik blieb er auch, als er den Spalt erreichte. Ohne das kleinste bisschen nass zu werden, kroch er am oberen Rand in die Öffnung.

Zum Schluss kam Caramba. Der tintenblaue Frosch schwamm mit kräftigen Beinschlägen bis zum Spalt und klammerte sich kurz davor an die Felswand. Dann hüpfte auch er mit einem mächtigen Satz hinein. »Carambaaaaaaaa!«

Während die anderen Tiere tief unter der Stadt die Geheimnisse des Labyrinths ergründeten, flatterten Kaka und Du durch strömenden Regen. Obwohl es noch mitten am Tag war, drang nur schummriges, graues Licht durch die dichte Wolkendecke. Immer wieder mussten sie Zuflucht in einer Baumkrone suchen und sich das nasse Gefieder ausschütteln.

Während einer dieser Verschnaufpausen sirrte plötzlich ein kleiner, smaragdgrüner Fleck heran und blieb mitten in der Luft vor ihren Schnäbeln stehen. »Nanu, nanu, das sind doch Kaka und Du!«, piepste der Fleck.

»Spy!«, rief Kaka. »Gut, dass du kommst!«

Der kleine Kolibri hockte sich zwischen die beiden Kakadus, die mindestens zehnmal so groß waren wie er, und blickte neugierig von einem zum anderen. »Was kann Spy aus dem Ei tun für euch zwei?«

Kaka und Du erzählten abwechselnd von ihren Erlebnissen auf dem Spielplatz. »Die Kinder sprachen von einem Mann, der Schiffe baut. Er soll irgendwo bei einer Eisenbahn wohnen. Da ist auch ein Turm mit Wasser oder so ähnlich. Sie haben uns die Richtung gezeigt, aber wir wissen nicht, wo genau das ist.«

»Den Wasserturm meinten sie, ganz bestimmt! Wir fliegen schnell hin, bevor die Sicht verschwimmt!«

Spy hatte recht. Der Himmel hing voller tiefschwarzer Wolken, und ein mächtiger Wind hatte sich erhoben, der immer wieder in gefährlichen Böen über die Dächer strich und an Antennen, Laternen und Bäumen rüttelte. Papierfetzen und Blätter flogen durch die Luft, und es goss wie aus Kübeln.

Spy erhob sich in die Luft, und die beiden Papageien folgten ihm. Du hatte sich vorher schon gefragt, ob der winzige Vogel nicht vom strömenden Regen in die Tiefe gedrückt werden würde. Selbst er hatte Schwierigkeiten, gegen die dicken Tropfen anzukämpfen. Aber Spy wurde überhaupt nicht nass. Er flog so schnell, dass es schien, als könne er jedem einzelnen Regentropfen ausweichen. Seine Flugbahn verwischte dabei zu einer verschwommenen grünen Spur, die sich in irrem Zickzack vor ihnen her bewegte. So flogen sie über die verregnete Stadt hinweg, bis Spy ein Hochhausdach ansteuerte und sich auf der Dachkante niederließ. Kaka und Du hockten sich erschöpft neben ihn und schüttelten ihr Gefieder. Dann blickten sie durch den dichten Regen hinab.

Unter ihnen lag ein halb verfallenes Fabrikgelände, auf

dem mehrere flache Hallen standen. Dazwischen verliefen schlammige Wege und rostige Schienen. Auch eine alte Lok stand in der Nähe. Neben den Fabrikhallen befand sich ein riesiges, baufälliges Gestell, auf dem eine Art monströses Fass thronte, groß wie ein Haus: der Wasserturm.

»Da ist der Turm, dort sind die Gleise, die Kinder waren wirklich weise«, piepste Spy. »Hier muss es sein, das ist ganz klar. Was sie euch sagten, das ist wahr.«

»Ja«, riefen Kaka und Du wie aus einem Schnabel.

»Aber wisst ihr«, fuhr Kaka fort, »je länger ich darüber nachdenke, desto weniger glaube ich, dass ein einziger Mensch da unten ganz allein Schiffe bauen soll. Er hat zwar jede Menge Platz, aber das ist doch viel zu schwierig für einen allein.«

Spy schüttelte sich und erhob sich wieder in die Luft. »Die Menschen haben Maschinen. Die helfen ihnen!« Mit seinem langen Schnabel wies er auf einen verrosteten Kran, der hinter einem der Gebäude aufragte. »Ich sage euch, was wir jetzt tun! Ich gehe mal gucken, und ihr könnt ausruh'n!«

»Einverstanden«, sagte Kaka. »Du bist der Unauffälligste von uns allen. Und Du und ich werden uns bei dem alten Wasserturm verstecken. Nicht wahr, mein Lieber?«

»Ich und du?«, fragte Spy und war so verwirrt, dass ihm kein Reim darauf einfiel.

»Nein, nicht du, sondern Du«, sagte Kaka.

»Sie meint mich, Spy«, sagte Du.

»Ach so, du, Du!«, sagte Spy. »Na dann: nur zu!«

Spy zischte davon. Die beiden Papageien flogen schnell zum Wasserturm und landeten auf einer Leitersprosse an der Außenwand. Sie drückten sich eng an die Wand, um sich vor dem heftigen Wind zu schützen. Von hier aus konnten sie einen Blick in einige der alten Fabrikhallen erhaschen. Die mannshohen Fensterscheiben waren zwar so dreckig, dass man nicht hindurchsehen konnte, dafür waren aber viele von ihnen zerbrochen. Dahinter war es leer oder voller Gerümpel. Es sah nicht so aus, als würde dort jemand leben. Und Schiffe waren auch nirgendwo zu sehen.

Du spürte, wie ihn etwas die Zuversicht verließ. Er krächzte traurig. »Hoffentlich haben uns die Kinder keine Märchen erzählt, meine Liebe!«

Aber Kaka antwortete nicht. Sie hielt sich mit dem Schnabel zusätzlich an einer Leitersprosse fest und starrte in die Wolken, hinter denen es jetzt auch noch zu blitzen anfing.

»Ja, hoffentlich ist das so«, krächzte sie leise. »Denn wenn nicht, sitzen wir hier ganz schön in der Tinte.«

5. Kapitel

Spy flog wie ein grüner Blitz durch den Regen. Er war so neugierig auf das, was sich in der Fabrik befand, dass er alle Vorsicht vergaß und hin und wieder von ein paar Wassertropfen getroffen wurde. Die großen hatten eine solche Wucht, dass sie ihn aus der Flugbahn schleuderten. Aber der kleine Kolibri ließ sich davon nicht beirren. Wie ein Pfeil sirrte er auf das erste Fabrikgebäude zu. Es war schon eine halbe Ruine. Die meisten Scheiben waren zerbrochen, und auch in den Wänden klafften gewaltige Löcher. Spy flog durch eines hindurch. Im Innern der Halle herrschte dämmriges Licht.

Spy ließ sich auf einem Sims nieder und sah sich um. »Sieht aus wie ein Haus, nur die Menschen sind raus«, überlegte er. »Ganz schön kaputt, viel Gerümpel und Schutt.« Durch das undichte Dach tropfte es beständig, und auf dem Boden hatten sich große Pfützen gebildet. Irgendwann hatte mal jemand Eimer dorthin gestellt, wo er tropfte, doch die waren entweder durchgerostet oder längst übergelaufen. Ringsherum war alles voller Taubenmist. Spy entdeckte ein paar seiner entfernten Verwandten oben im Gebälk unter dem Dach, doch er sprach sie nicht an. Tauben nach irgendwas zu fragen, hatte nach seiner Erfahrung noch nie etwas gebracht. Sie hatten meistens nur Fressen und Schlafen im Kopf.

Der Kolibri schüttelte sein nasses Gefieder. In einer silbernen Tropfenwolke stieg er wieder auf, durchquerte die Halle, schoss durch ein kaputtes Fenster hinaus und ins nächste Gebäude. Hier bot sich ihm ein ähnliches Bild. Nur dass hier überall Taubenmist den Boden verklebte. In der dritten Halle waren die Wände mit großen, bunten Buchstaben bemalt. Auch hier hockten die Tauben überall und pickten lustlos im Dreck herum.

Spy war enttäuscht. Keine Schiffe weit und breit. Und auch von dem geheimnisvollen Mann, der sie angeblich baute, fehlte jede Spur. Spy blickte auf seine entfernten Verwandten, die müde vor sich hin gurrten. Er seufzte. »Mein Name ist Spy aus dem Kolibri-Ei«, stellte er sich artig der nächstbesten Taube vor. »Meinst du, dass du mir helfen kannst? Ich suche 'nen Mann, der sich hier verschanzt. Der baut hier Schiffe, erzählt man sich. Ob das wohl wahr ist, frag' ich mich.«

Die Taube legte den Kopf schief, sah ihn lange an, als dächte sie über seine Frage nach, und sagte schließlich: »Huh?«

Spy hatte es geahnt: Tauben waren sehr schwer von Begriff. »Vielleicht war ich zu leise, jetzt sage ich's laut: ›Ich suche den Mann, der hier Schiffe baut!‹«

»Huh?«, wiederholte die Taube. Dann blickte sie in eine andere Richtung und tat so, als wäre Spy gar nicht da.

Dem kleinen Kolibri plusterte sich das Gefieder vor Empörung. Aber er wusste schon, wie er das dämliche Vieh dazu bringen konnte, ihm zu helfen. »Der hat nämlich Futter, ist das nicht toll? Wie man so hört, einen ganzen Sack voll!«

Augenblicklich kam Bewegung in den trägen Vogel. Die Taube breitete die Flügel aus und segelte im nächsten Moment erstaunlich elegant durch ein zerbrochenes Fenster nach draußen. Spy folgte ihr.

Zielstrebig umrundete die Taube die nächste Halle und flog durch ein Loch in der Wand in die übernächste. Auch hier gab es nur Staub und Schutt. Doch dann sah Spy plötzlich einen schwachen Lichtschimmer unter einem schiefen Türbalken. Die Taube steuerte darauf zu und darunter hindurch. Wie der Blitz war Spy wieder hinter ihr. Hier war es heller. Die Lichtquelle lag hinter der nächsten Ecke.

Die Taube und Spy bogen um ein Stück Mauer. Spy stieß ein erschrockenes Zwitschern aus. Direkt vor ihm tauchte ein grobes Netz auf, das den Raum, aus dem das Licht kam, vom Rest der Halle abschirmte. Spy blieb rechtzeitig in der Luft stehen. Die Taube dagegen flog mitten in das Netz.

»Verdammte Tauben«, brüllte eine Stimme durch das alte Gemäuer. Spy blinzelte. Ein großer Mann stand mitten in der Halle und hielt eine Lampe in der Hand, mit der er in das Netz leuchtete. Spy schnellte in die Höhe und versteckte sich im Schirm einer kaputten Lampe, die von der Decke baumelte. Besorgt hielt er nach der Taube Ausschau. Doch die hatte ihren Schreck überwunden und flatterte bereits davon.

Der Strahl der Lampe verschwand. Spy wartete noch einen Moment, dann sirrte er aus dem Lampenschirm hervor und näherte sich wieder dem Netz. Für ihn waren die groben Maschen überhaupt kein Hindernis. Da hätten zwei Kolibris nebeneinander durchgepasst. Mindestens. Spy schoss hindurch.

Doch plötzlich war der Strahl der Taschenlampe wieder da. Er fuhr suchend durch die Luft. Aber ehe er Spy traf, schwirrte der kleine Kolibri in die Höhe.

»Was war das?«, rief der Mann. »Kinder, ich warne euch! Wenn ihr das seid, setzt es was!« Er näherte sich dem Netz und hob es an, um den Raum dahinter abzuleuchten. Spy nutzte die Gelegenheit, in die entgegengesetzte Richtung zu fliegen, tiefer in das Reich dieses Menschen hinein.

Plötzlich tat sein Herz einen Satz. Weiter hinten in der Halle stand das, was er suchte! Ein enormes, ein wunderbares und prächtiges Holzschiff erhob sich glänzend im Halbdunkel. Spy überlegte nicht lange. Das musste er aus der Nähe sehen. Er stieg höher und drehte eine Runde. Und jetzt traute er seinen Augen kaum.

Es war nicht nur ein Schiff. Es waren viele! Dutzende großer hölzerner Schiffe standen dicht an dicht beieinander im Dämmerlicht der Halle. Und eines war herrlicher als das andere. »Nicht bloß zwei oder drei!«, jubelte er innerlich. »Schiffe sind hier wie Sand am Meer! Wir müssen keins bauen! Wir können es klauen! Das merkt er gar nicht, der werte Herr!«

Im selben Moment stieß Spy gegen etwas, das er noch nie gefühlt hatte. Vor ihm hingen mitten in der Luft lauter klebrige Girlanden von der Decke, an denen tausend und abertausend tote Fliegen klebten. Was war das?

Spy zog instinktiv die Flügel eng an den Körper und machte sich so schmal, wie er nur konnte. Doch sein Flügelschlag hatte die merkwürdigen Girlanden in Bewegung versetzt, so dass sie wie Arme durch die Luft wirbelten und nach Spy zu greifen schienen.

»Was ist da oben?«, rief es unter ihm.

Spy schoss in die Höhe. Wieder schnitt der Strahl der Taschenlampe durch die Luft. Spy wich aus. Im selben Moment aber packte ihn eine der Girlanden und wickelte sich eklig klebrig um seinen Körper. »Hier steht ein Schiff für uns alle«, schoss es Spy durch den Kopf. »Ich aber sitz in der Falle!«

6. Kapitel

Während Spy sich fragte, wie er je wieder aus den Fängen der Klebegirlanden entkommen sollte, kämpfte Hamlet mit dem Wasser. Nachdem er in der engen Felsspalte den Halt verloren hatte, ging es wie auf einer Rutsche abwärts. Panisch schlidderte er durch die Finsternis und bereute es schon bitter, sich überhaupt in dieses Loch gewagt zu haben. Wild um sich schlagend versuchte er, irgendwo Halt zu finden, als die Rutschpartie auch schon wieder vorbei war. In einem Schwall von Wasser plumpste Hamlet in einen kleinen Teich. Er paddelte japsend an die Oberfläche. Verletzt hatte er sich nicht. »Alles klar!«, rief er zurück. »Ihr könnt nachkommen!« Einen Moment später landete auch schon Tulpe auf seinem Kopf. Oskar, der hinter ihnen ins Wasser platschte, ging gleich auf Tauchstation, Caramba ebenso.

Hamlet und Tulpe kletterten aus dem Teich und schüttelten auf einem schmalen Felsvorsprung ihr Fell aus. Dann kam auch Oskar aus dem Wasser gewatschelt. »Hui, das hat aber Spaß gemacht!«, rief er.

»Geht so«, knurrte Hamlet.

Auch Tulpe war nicht gerade begeistert. »Ich weiß nicht, Leute, nee, ich weiß echt nicht«, murmelte sie säuerlich. »Wenn das jetzt so weitergeht …«

»Caramba«, quakte Caramba, was immer das in diesem Fall bedeuten mochte.

»Na, meine pelzigen Freunde?«, kicherte jemand. »Nass geworden?«

»Ampel!«, rief Hamlet überrascht, als er das Chamäleon bemerkte, wie es gerade aus dem Rutschbahn-Tunnel herauskrabbelte. »Du wolltest doch oben bleiben!«

»Das war, bevor mir einfiel, wie ich euch beim Nasswerden zusehen kann, ohne selbst einen Tropfen abzukriegen.« Ampel lachte, und seine Haut schillerte schadenfroh.

Gemeinsam untersuchten sie die Höhle, in der sie gelandet waren. Das Wasser floss unterirdisch ab, doch diesen Weg hätten nur Caramba und Oskar nehmen können. Es gab aber noch einen feuchten Tunnel, der aus der Höhle hinausführte. Hamlet betrat ihn vorsichtig. Alle seine Sinne waren aufs höchste gespannt. Hier roch es nach Wasser und Tiefe. Hinter sich hörte er das Tapsen von Tulpes kleinen Füßen und Oskars watschelnden Gang.

Der Gang wand sich abwärts durch rauen Fels.

»Sieht so aus, als habe das Wasser die Flechten hier unten weggespült«, flüsterte Ampel, der das Schlusslicht bildete. »Seht ihr überhaupt was da vorne?«

»Nicht viel«, knurrte Hamlet. Tatsächlich verließ er sich im Augenblick stärker auf seinen Geruchssinn und auf seine Ohren als auf seine Augen. Zum Glück waren Wölfe dank ihrer sehr feinen Nasen nicht so sehr auf ihre Sicht angewiesen wie manch andere Tiere.

Hamlet bog um eine Ecke. Dann blieb er plötzlich stehen. Vor ihm in der Dunkelheit versperrte ein riesiges, langes, eckiges Ding aus Metall den Weg.

»Was ist los?«, rief Oskar.

Hamlet machte Platz, so gut es ging, und die anderen Tiere traten neben ihn. Sie musterten das Ding, das mitten aus der Wand zu kommen schien, und schnupperten daran. Um es herum verteilt lagen Steine und Felsbrocken. Hamlet sah, dass an der Oberseite des Kastens ein paar verbogene Räder unter der Tunneldecke klemmten. Dicht am Boden dagegen hatte das Ding eine Reihe Fenster.

»Das ist ein Zug«, sagte er. »Wie diese Straßenbahnen oben in der Stadt. Nur dass dieser hier auf dem Kopf liegt.«

»U-Bahnen nennt man die Dinger«, bemerkte Ampel.

»Du hast recht.« Tulpe trat näher an den Waggon. »Er ist

durch die Wand gefahren. Darum ist alles zerbrochen. Das muss ein ziemlicher Unfall gewesen sein.«

»Und jetzt versperrt er den Gang. Geradeaus kommen wir nicht weiter. Und da oben?«

Ampel war bereits die Wand emporgeklettert, um den Spalt unter der Decke zu untersuchen. »Zu eng«, hallte seine Stimme von den Felsen wider.

Plötzlich rief es aus dem Inneren des Wagens: »Aber Leute, wir können dafür glatt durch den Zug gehen.«

Es war Tulpe, die durch eines der Fenster ins Innere gelangt war. »Auf der anderen Seite ist auch alles mit Geröll versperrt, aber im Zug können wir weiter. Er ist ziemlich lang. Sollen wir nachschauen, wo man da rauskommt?«

Hamlet streckte witternd seine Schnauze durch das Zugfenster. Kein Geruch deutete auf Gefahr hin. »Einverstanden«, sagte der Wolf und betrat das dunkle Ungetüm.

Keiner von ihnen hatte jemals eine U-Bahn von innen gesehen, aber Tulpe war sofort klar, wie sie einst funktioniert hatte. »Da oben haben sich die Menschen hingesetzt«, sagte sie und wies auf die Holzbänke, die über ihnen an die Decke geschraubt waren. »Und dann fuhr der Zug los.«

»Boah!«, staunte Oskar, den Blick nach oben gerichtet. »Menschen können unter der Decke sitzen?«

Ampel verdrehte die Augen in verschiedene Richtungen. »Der Zug steht doch auf dem Kopf, du entenschnabeliger Plattschwanz! Was immer du für ein Tier sein magst, mit mir bist du wahrscheinlich nicht sehr eng verwandt.«

Sie durchquerten den Zug. Er stand nicht nur auf dem Kopf, sondern hatte sich auch noch so schräg durch die Wand gebohrt, dass es für die Tiere steil bergab ging. Hier und da war es außerdem ganz schön rutschig. Schließlich erreichten sie die Tür, die in den nächsten Wagen führte. Hamlet schob eine Pfote zwischen die alten, stinkenden Gummistreifen, und es gelang ihm, die Tür zu öffnen.

Der nächste Wagen sah genauso aus wie der erste. Mit einem entscheidenden Unterschied: Hamlet, Tulpe, Caramba, Oskar und Ampel standen vor einer dunklen Wasserfläche, in die der U-Bahnwaggon vor ihnen einfach eintauchte.

»Oh«, sagte Tulpe. »Und was machen wir jetzt?«

»Na, durchschwimmen!«, rief Oskar und sprang rein.

»Wir sind aber nicht so gut im Schwimmen wie du«, erinnerte Tulpe ihren Freund.

»Könntest du mal nachsehen, wie es weitergeht, Oskar?«, bat Hamlet. »Vielleicht ist es nur ein kurzes Stück.«

»Klar!«, rief Oskar und tauchte ab. Aber er blieb nur ein paar Augenblicke unter der dunklen Wasseroberfläche. Als er zurückkam, hatte er Neuigkeiten. »Dies ist der letzte Wagen, Leute.« Wenn man durch die Tür schwimmt, kann man dahinter wieder auftauchen. Da ist ein richtiger kleiner Fluss, aber direkt daneben führt ein Weg entlang, der ist trocken.«

Hamlet blickte Ampel und Tulpe an. »Ihr seid vermutlich keine begeisterten Schwimmer, oder?«

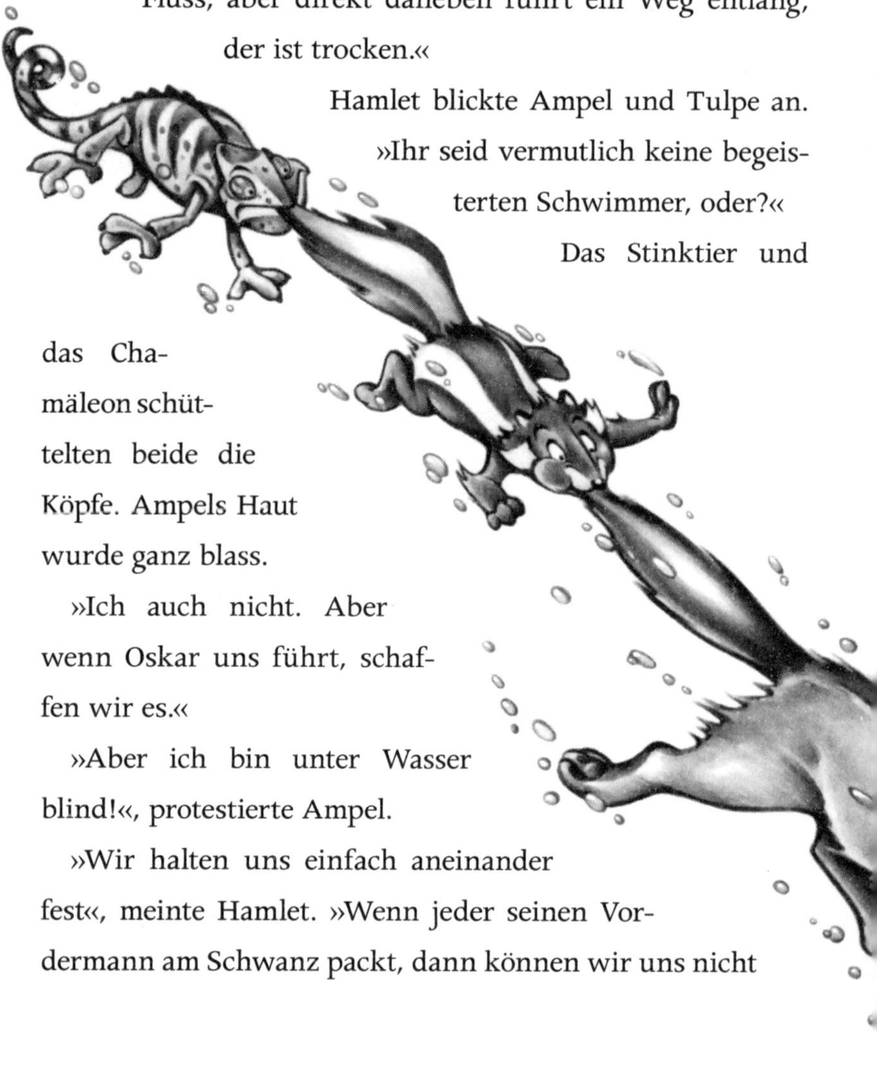

Das Stinktier und das Chamäleon schüttelten beide die Köpfe. Ampels Haut wurde ganz blass.

»Ich auch nicht. Aber wenn Oskar uns führt, schaffen wir es.«

»Aber ich bin unter Wasser blind!«, protestierte Ampel.

»Wir halten uns einfach aneinander fest«, meinte Hamlet. »Wenn jeder seinen Vordermann am Schwanz packt, dann können wir uns nicht aus den Augen … äh, aus dem Maul verlieren.« Er wandte sich wieder an Oskar. »Du schwimmst als Erster, und wir folgen dir, in Ordnung?«

»Super Idee!« Oskar watschelte in das dunkle Wasser hinein. »Von mir aus können wir!«

»Caramba!« Der blaue Frosch hüpfte neben Oskar und setzte sich ins Wasser.

Hamlet öffnete sachte die Schnauze und nahm vorsichtig Oskars breiten Schwanz zwischen die Zähne.

Oskar quiekte. »Wird etwas schwierig, so zu schwimmen«, murmelte er. »Aber ich glaube, ich schaffe es.«

»Okay«, Hamlet fühlte, wie Tulpe hinter ihm seinen eigenen Schwanz ins Maul nahm. Ampel bildete das Schlusslicht.

»Einatmen und dann auf zwei«, sagte Oskar. Hamlet und Tulpe sogen die Luft ein. Oskar zählte. »Eins und zwei.« Er stieß sich in die Dunkelheit ab und verschwand im Wasser. Hamlet schloss die Augen und tauchte ihm nach.

7. Kapitel

Während Hamlet und die anderen auf Tauchstation gingen, hatte Spy am anderen Ende der Stadt ein großes Problem: Er hatte sich vollkommen in den klebrigen Girlanden verfangen. Je verzweifelter er versuchte, sich herauszuwinden, desto stärker klebte er fest. Schon bald konnte er sich gar nicht mehr bewegen. Vielleicht war es jetzt besser, keinen Pieps mehr von sich zu geben, damit der Mann ihn wenigstens nicht bemerkte. Dieser kam heran und brüllte wütend: »Da ist doch irgendwas in meine Werkstatt geflattert!«

Spy hielt ganz still. Doch im selben Augenblick schaute der Mann auch schon nach oben zu den Klebegirlanden. »Was haben wir denn da! Bist du ein Insekt? So ein ekliger, grüner Käfer oder so?« Er kniff die Augen zusammen und setzte eine Brille auf, die an einem Band um seinen Hals baumelte. Dann kratzte er sich sein stoppeliges Kinn. »Da brat mir doch jemand 'nen Storch! Das ist ja ein Vogel! Ein Mini-Vogel!« Er zog einen mit Farbe bekleckten Stuhl heran und kletterte rauf. Plötzlich war sein unrasiertes Gesicht direkt vor Spys Schnabel. »Ein Kolibri!«, murmelte er. »Wo kommst du denn her? Bist wohl ausgebüchst, was? Na ja, kein Wunder bei deiner Größe. Dich muss man ja in einem Aquarium gefangen halten, damit du nicht abhaust.« Er lachte rau, und Spy fragte sich, ob der Mann es gut mit ihm meinte oder nicht.

Eine riesige Hand näherte sich dem zitternden Vogel. »Ich will nicht! Der zerquetscht mich!«, schoss es Spy durch den Kopf. Doch als die gewaltigen Finger ihn schließlich umfassten, spürte er ihren Griff kaum. Ganz vorsichtig befreite der Schiffsbauer ihn von den klebrigen Streifen. Es hatte ganz den Anschein, als würde der Mann so etwas jeden Tag machen. Am Ende blieben ein paar winzige Flaumfedern in den Girlanden zurück, und einige Klebfäden nisteten sich in Spys grünem Gefieder ein. Aber er war frei!

Spy hatte das Gefühl, dass ihm ein Kieselstein von seinem Herzen fiel. Er hockte in der halb geöffneten Hand des Schiffsbauers und blickte ihn an. »Das war sehr nett, ich bedanke mich«, piepste er, obwohl er genau wusste, dass der Mann ihn nicht verstand. »Dass Menschen auch nett sind, das wusst' ich nicht.« Er spreizte seine Flügel und wollte gerade abheben, da schlossen sich die Finger plötzlich wieder um ihn.

»Nicht so schnell, mein kleiner Freund! Du wirst doch nicht schon wieder abhauen wollen. Du willst doch bestimmt dorthin zurück, wo du hergekommen bist, oder? Und dabei werde ich dir helfen.«

»Ja, ja, ja!«, piepste Spy aufgeregt. »Sonnenklar! Zurück in die Heimat, das war unser Plan! Zurück wo wir herkomm'n mit 'nem riesigen Kahn!« Er deutete mit dem Schnabel auf die zahllosen Schiffe, die in der Halle standen. »Ich hol meine Freunde, das Wilde Pack! Die sind ganz schnell hier, das geht zack, zack!« Spy konnte sein Glück gar nicht fassen. Er war doch nur hergekommen, um den Schiffsbauer zu finden und ein bisschen auszukundschaften. Und jetzt bot er ihnen eine Freifahrt in die Heimat an!

»Du freust dich, dass es wieder nach Hause geht, was?«, fragte der Mann und lächelte.

Spy zwitscherte zustimmend und wollte sich wieder befreien, doch der Schiffsbauer hielt die Hand immer noch geschlossen. »Nun lass mich doch los, sonst kann ich nicht weg. Ich muss zu den andern in unser Versteck!«

»Schon gut, mein Kleiner, ich sorge dafür, dass du bald wohlbehütet wieder zu Hause bist.« Doch trotz der liebevollen Worte ließ der Schiffsbauer ihn immer noch nicht los. Stattdessen ging er zu einem Holztisch in der Nähe, auf dem

Werkzeug lag. Er griff nach einem Drahtkorb, der mit Schrauben gefüllt war. Der Mann kippte die Schrauben aus und setzte Spy auf den Tisch. Doch bevor der Kolibri sich in die Luft erheben konnte, stülpte der Mann auch schon den leeren Drahtkorb über ihn. Die Maschen des Korbs waren selbst für Spy zu eng. Und bevor er auch nur darüber nachdenken konnte, den Korb mit seinem Schnabel hochzuheben, stellte der Mann eine schwere, stinkende Farbdose obendrauf.

Spy wurde von einer schrecklichen Angst gepackt. Er hatte noch nie in einem Käfig gesteckt, noch dazu einem so winzig kleinen. Er konnte gerade seine Flügel spreizen, ohne irgendwo anzustoßen, aber mehr Platz gab es nicht.

Spy hasste Enge. Er fühlte sich schon im Paradies äußerst unwohl, weil er dort keinen freien Himmel über sich hatte. Die anderen machten sich manchmal sogar lustig über ihn, weil er der Kleinste war und von allen am meisten Platz brauchte. Aber das hier hätte jedes Tier in Panik versetzt. Ängstlich flatterte er mit den Flügeln und versuchte, in die Luft zu steigen, obwohl er genau wusste, dass das nicht klappen würde. Aber er konnte nicht anders.

»Ruhig, ruhig, mein Kleiner. Du musst nicht lange da drin bleiben.« Der Schiffsbauer hatte eine ganz sanfte Stimme. Er meinte wirklich, was er sagte! Er wollte Spy nur etwas Gutes tun! Er ging zu einem anderen Tisch und griff nach einem Telefon. Dann wählte er eine Nummer. »Guten Tag, Herr Direktor. Ja, genau, ich bin's, der Schiffsbauer. Hören Sie, mir ist hier gerade etwas in die Werkstatt geflattert. Nein, keine Taube, deshalb würde ich Sie nicht anrufen. Es ist ein Kolibri! Ich dachte, er könnte Ihnen entflogen sein. Sie sagten doch neulich etwas von Tieren, die Ihnen abhanden gekommen seien. Ach so, das waren größere, verstehe. Na ja, wie dem auch sei, hier sitzt ein Kolibri auf meiner Werkbank, und ich möchte ihn nicht wieder frei lassen. Da draußen in der Freiheit käme er wahrscheinlich gar nicht zurecht.«

»Ich komme zurecht!«, zwitscherte Spy halb panisch, halb

empört. »So gut wie ein Specht! Oder ein Spatz oder ein Geier oder ein Storch oder ein Reiher oder wie Amsel, Drossel, Fink und Star und die ganze Vogelschar!«

Aber der Schiffsbauer hörte nur Gezwitscher. »Bei Ihnen ist der Kleine doch bestimmt besser aufgehoben. Ja, natürlich, Sie können ihn abholen. Meinetwegen jetzt gleich. Ein Kolibri ist zwar kein Ersatz für einen Wolf und einen Gorilla, aber vielleicht besser als nichts, nicht wahr? In Ordnung, dann bis gleich, Herr Müller!«

Der Schiffsbauer legte auf und wandte sich wieder seinem Mini-Käfig zu. »Bald geht's dir besser, mein Kleiner. Bald bist du nicht mehr allein, sondern zusammen mit anderen Vögeln im Zoo.«

Vor Schreck vergaß Spy zu flattern. Ganz starr vor Angst sah er erst den Schiffsbauer an, dann die riesigen Schiffe, die in endlosen Reihen in der Halle standen. Plötzlich waren sie in unerreichbare Ferne gerückt. Genauso wie alles andere. Nur das Geräusch des Regens, der mit immer größerer Kraft aufs Dach prasselte, drang noch zu Spy durch.

Während Spy sich fragte, ob er wirklich je mit seinen Freunden auf einem Schiff in die Freiheit fahren würde, kauerten sich Kaka und Du in ihrem Schlupfwinkel unter dem Dach des Wasserturms eng aneinander. So dicht war der Regen inzwischen, dass die hinteren Hallen des Fabrikgeländes bereits hinter grauen Regenvorhängen verschwanden.

»Kaka, meine Liebe, das dauert aber lange«, fand Du. Er sagte das nicht zum ersten Mal.

»Das ist wahr«, sagte Kaka. »Spy wird doch wohl nichts passiert sein?«

»Vielleicht sollten wir nachsehen? Womöglich liegt der Arme in irgendeiner Pfütze und kommt wegen des starken Regens nicht mehr in die Luft.«

»Das wäre verhängnisvoll! Also los, wir suchen ihn!«, entschied Kaka. Sie plusterte ihr Gefieder, dann flogen die beiden Papageien los. Das Unwetter wirbelte sie herum wie zwei Federbälle. Nur mit größter Anstrengung schafften sie es in die erste Fabrikhalle.

Die war vollkommen verlassen, bis auf ein paar Tauben unter der Decke. Aber die wollten Kaka und Du nicht fragen, das hatte eh keinen Zweck. Sie flogen weiter, von Halle zu Halle, und riefen dabei Spys Namen. Doch der kleine Kolibri antwortete nicht. Dann erreichten sie eine Halle, an deren Ende Licht schimmere.

»Kaka, siehst du das auch?«, rief Du.

»Ja, mein Lieber, Licht. Ein gutes Zeichen, aber auch ein

gefährliches. Licht bedeutet meist Menschen!« Sie flogen unter einem Türbalken hindurch und um eine Ecke und prallten plötzlich gegen ein Netz, das von der Decke bis zum Boden gespannt war.

Erschrocken wichen sie zurück und hockten sich in sicherer Entfernung auf einen Stahlträger.

»Verdammte Tauben!«, fluchte eine menschliche Stimme hinter dem Netz. Doch der Mann, zu dem die Stimme gehörte, war zu beschäftigt an seiner Werkbank, um sich weiter um sie zu kümmern.

»Ob das der Schiffsbauer ist?«, fragte Du leise.

Doch statt zu antworten rief Kaka: »Da ist er! Spy ist gefangen!« Sie hatte den winzigen, smaragdgrünen Fleck in einem winzigen Käfig auf der Werkbank entdeckt, wo er verzweifelt flatterte. Schnell krächzte sie: »Spy! Hier sind wir! Was ist passiert?«

»Er hat mich geschnappt, der böse Mann! Passt auf, sonst seid ihr auch noch dran!«

»Wir müssen dich da irgendwie rausholen!«, rief Du.

»Ja, aber eilt euch, macht bitte schnell! Im Anmarsch ist ein übler Gesell'. Müller kommt her mit schnellem Schritt. Wenn ich dann noch hier bin, nimmt er mich mit!«

»Zoodirektor Müller?«, rief Du erschrocken.

Im selben Moment sah der Schiffsbauer auf. »Was krächzt denn da so komisch?«

»Du! Nichts wie weg!«, drängte Kaka. »Spy, wir kommen wieder, versprochen!« Schnell flatterten die Kakadus davon.

»Oh Kaka, mein Herz, was machen wir denn jetzt?«, rief Du aufgeregt.

»Vielleicht gibt es einen anderen Weg zu Spy«, überlegte Kaka. Sie flogen zurück ins Freie und umrundeten die Halle. Doch alle anderen Fenster waren durch Netze versperrt.

»Du, es hat den Anschein, dass wir beiden es ohne Hilfe nicht schaffen!« Kaka sah ihren Partner drängend an. »Flieg zurück ins Paradies und hol jemanden, für den diese Netze kein Problem sind!«

»Und was ist mit dir?«

»Ich bleibe hier. Wenn Müller kommt und ihr noch nicht zurück seid, dann …«

»Was dann?«

»Dann wird mir schon was einfallen. Beeil dich, Du!«

Barnabas hatte affenmäßige Langeweile. Seit Stunden, ach was, seit einer Ewigkeit wartete er darauf, dass seine Freunde zurückkehrten. Der Gorilla war traurig, dass er nicht dabei war bei der Suche nach dem unterirdischen Fluss. Und Kaka und Du waren auch allein unterwegs, weil er ja tagsüber nicht mehr in die Stadt durfte.

Auch Shiva war zurückgeblieben, aber die schlief jetzt. Genauso wie die Ziegen und Roswitha, die Riesenschildkröte. Der Einzige, der noch wach war, war Ludwig. Und mit dem wollte Barnabas lieber nichts unternehmen. Als Barnabas nämlich aus lauter Langeweile versucht hatte, sich unter der Decke des Paradiesplatzes an den Lampen entlangzuschwingen, wie Ludwig es immer tat, war eine der Lampen gerissen. Der Pavian war entsetzlich sauer geworden, und Barnabas klang das wütende Gekreische jetzt noch ziemlich fies in den Ohren.

Plötzlich drang ein aufgeregtes Flattern an seine Ohren. Waren das Kaka und Du? Hoffentlich hatten sie ein paar spannende Neuigkeiten!

Doch zu Barnabas' Verwunderung flog nur Du durch den alten U-Bahn-Tunnel ins Paradies. Gehetzt ließ er sich auf dem Holzschild nieder und blickte sich um. »Wo sind die anderen?«

»Weg«, brummte Barnabas. »Sie sind in das Labyrinth gegangen, weißt du, aber ich konnte nicht mit, weil das Loch zu klein war in Rafinas Höhle, und jetzt sitze ich hier und langweile mich und …«

Aber Du hörte gar nicht zu. »Spy ist in Gefahr! Komm mit, wir brauchen deine Hilfe, sonst landet er im Zoo!«

»Im Zoo?« Barnabas sprang auf. »Aber warum denn das?«

»Ich erklär es dir unterwegs. Das ist ein Notfall! Nun komm schon, bevor Müller Spy mitnimmt!«

»Müller?« Nun war Barnabas endgültig alarmiert. Wenn Müller im Spiel war, dann musste er eingreifen! Schon sprang er mit einem Riesensatz in das Gleisbett und rannte auf allen vieren in den Tunnel, der nach draußen führte. »Worauf wartest du, Du? Bring mich hin!«

»Heh!«, schnurrte eine sanfte, aber kraftvolle Stimme hinter Barnabas. »Ihr wollt euch doch wohl Müller nicht alleine entgegenstellen?« Shiva stand auf der verfallenen Treppe, auf der sie geschlafen hatte, und sah den Gorilla und den Kakadu an. »Wenn ich schon nicht nach dem unterirdischen Fluss suchen kann, kann ich doch wenigstens helfen, Spy zu retten!«

Mit einem Satz war die Pantherdame neben ihnen. Dann machten sie sich zu dritt auf den Weg nach draußen.

»Ja, ihr Dummköpfe, lasst euch nur alle fangen und einsperren«, rief ihnen Ludwig höhnisch nach. »Aber glaubt bloß nicht, dass ich euch später retten komme!«

8. Kapitel

Während Barnabas, Shiva und Du ihren Freunden in der Fabrik zu Hilfe eilten, tauchte Hamlet tief unter der Stadt hinter Oskar durch das kalte, schwarze Wasser in dem umgestürzten U-Bahn-Wagen. Es war beängstigend. Schon nach wenigen Sekunden hatte er jedes Gefühl für Tiefe und Raum verloren.

Doch Oskar schien überhaupt keine Probleme mit der Orientierung zu haben. Zielstrebig schwamm er voran, und Hamlet gab sein Bestes, ihm zu folgen.

Gerade als er das Gefühl hatte, die Luft in seinen Lungen würde langsam knapp, ging es wieder aufwärts. Sie ließen den U-Bahn-Wagen hinter sich und durchstießen einen Augenblick später die Wasseroberfläche. Hamlet holte tief Luft. Neben ihm tauchten Tulpe und Ampel auf. Auch sie hatten alles gut überstanden, auch wenn Ampel etwas fröstelte.

Sie befanden sich in einer langen, schmalen Höhle. An der Decke über ihnen wuchsen einige Leuchtflechten. Hinter ihnen ragte der U-Bahn-Waggon aus dem Wasser und führte mitten in die Höhlenwand hinein. Das war der Weg, den sie gekommen waren. In die andere Richtung verlor sich die Höhle in der Dunkelheit.

Hamlet merkte, wie sie alle im Wasser in genau diese Richtung trieben.

»Leute, hier herrscht aber eine ganz schöne Strömung!«, fiepte Tulpe. »Schnell raus aus dem Wasser, bevor wir abgetrieben werden!«

Sie paddelten an den Rand der Höhle und kletterten auf den schmalen Felsstreifen, der dort entlangführte. Hamlet und Tulpe schüttelten ihr Fell aus, danach krabbelte Ampel auf Hamlets Rücken, um sich dort ein bisschen aufzuwärmen. Oskar und Caramba kamen auch an Land.

»Das ist ein richtiger kleiner Fluss!«, rief Oskar begeistert.

»Aber es kann nicht der Fluss sein, den Rafina meinte«, sagte Hamlet. »Seht nur, da unten am Grund sieht man noch die Schienen der U-Bahn. Dieser Tunnel wurde von Menschen gebaut. Der Fluss, den wir suchen, muss noch weiter unten liegen.«

»Trotzdem müssen wir dem Wasser folgen«, fand Ampel.

Hamlet nickte, und die Tiere machten sich wieder auf den Weg, tiefer in die unterirdische Welt hinein. Sie waren schon eine Weile unterwegs, als Hamlet auffiel, dass die Gleise unter Wasser nicht mehr da waren. Auch die Tunnelwände veränderten sich. Sie wurden rauer und waren nicht mehr so glatt wie von Menschenhand gebaut. Das schwarze Wasser neben ihnen folgte nicht mehr dem U-Bahn-Tunnel, sondern zog seine eigene Bahn im Fels. War das ein gutes Zeichen?

Hamlet blieb stehen und witterte. Etwas war anders. Er spitzte die Ohren. Das Wasserrauschen, das sie die ganze Zeit begleitet hatte, war leiser geworden. Irgendwo vor ihnen herrschte eine unheimliche Stille, die seine Barthaare erzittern ließ. »Hört ihr das auch?«, flüsterte er.

»Das Wasser!«, rief Oskar. »Es klingt, als würde es einfach verschwinden!«

Verwundert sahen die Tiere sich an. Vor ihnen lag eine scharfe Biegung, um die das Wasser ganz normal strömte.

»Bleibt, wo ihr seid!«, zischte Ampel auf Hamlets Rücken. »Ich gehe erst mal nachsehen.«

So langsam, wie es nur ein Chamäleon konnte, erklomm er die Wand und krabbelte an den anderen vorbei auf die Biegung zu. Er hielt sich mit seinem Greifschwanz an einem spitzen Stein fest, schob den Kopf vor und drehte schließlich sein rechtes Auge langsam um den Felsen. Im schwachen Licht sah Hamlet, wie das Chamäleon plötzlich von Kopf bis Schwanz sandgelb wurde.

»Ampel?«, rief der Wolf. »Was siehst du da?«

»Ähem, das kann eigentlich nicht sein«, sagte Ampel. »Ich meine, Wasser kann sich doch nicht in Luft auflösen.«

»Was?« Hamlet hielt es nicht mehr aus. Mit einem großen Sprung erreichte er die Biegung und schob ebenfalls seinen Kopf um die Ecke.

Eine tiefe Stille empfing ihn.

Vor ihm lag eine hohe, kreisrunde Höhle, deren Wände über und über mit Leuchtflechten bewachsen waren, so dass es sehr hell war. Sie war fast so groß wie das Paradies, aber es gab nur diesen einen Eingang. Die Decke wölbte sich über ihnen wie eine gigantische Käseglocke. Ein feuchter und lehmiger Geruch hing in der Luft. Das wirklich Merkwürdige aber war der Boden der Höhle. Er war vollständig mit hellem, feinem Sand bedeckt. Und in diesen Sand floss das Wasser und versickerte lautlos darin, als wäre es nie da gewesen. Hamlet hielt die Luft an. »Was ist das?«

»So etwas habe ich auch noch nie gesehen«, zischelte Ampel und kraxelte an der Wand entlang weiter in die Höhle hinein. Sein Körper war inzwischen komplett sandfarben.

Nun näherten sich auch die anderen Tiere. Tulpe schnupperte. »Aber Leute, riecht doch mal! Riecht immer noch wie ein Fluss, findet ihr nicht auch?«

»Caramba!«, stimmte Caramba zu.

Tulpe schnupperte heftiger und machte einen Schritt in den Sand. Kaum hatte sie ihn mit der Pfote berührt, begann der Boden unter ihr zu schwanken, als hätte sie ein Erdbeben ausgelöst.

»He, Vorsicht, stehen bleiben!« Ampels Greifschwanz schoss herab und zog Tulpe zurück. Das Chamäleon rollte mit den Augen und ließ Tulpe los. »Jetzt weiß ich, was das ist. Ich habe davon schon gehört. Das ist Treibsand! Passt auf …« Ampel ließ seine Zunge hervorschnellen und angelte sich damit einen Kieselstein. Dann warf er diesen in den Sand. Wo der Stein auftraf, warf der Sand kreisrunde Wellen, als wäre er Wasser. Dann versank der Kieselstein langsam wie in einem zähen Brei.

»Treibsand«, wiederholte Oskar fasziniert.

»Das bedeutet, es sieht aus wie Sand, und es ist auch Sand, aber in Wirklichkeit ist es Sand, der im Wasser schwimmt«, erklärte Ampel. »Wenn man da drauf geht, sinkt man ein und kommt nicht wieder raus.«

»Auweia!« Tulpe schnaufte und machte zwei Schritte rückwärts. »Woher weißt du das alles?«

»Radio«, antwortete das Chamäleon. »Das Terrarium, in dem ich früher gelebt habe, stand in einer Wohnung, in der den ganzen Tag der Reportagensender lief. Jedenfalls ist dieser Treibsand super gefährlich. Und damit, würde ich meinen, ist unsere Spur gerade wortwörtlich im Sande verlaufen. Ich weiß jedenfalls nicht, wie wir jetzt noch weiter dem Wasser folgen sollen.«

Hamlet starrte fasziniert auf die weite Sandfläche, in der der Stein verschwunden war. Er überlegte. »Wenn das Wasser da drin verschwindet, dann muss es doch weiter unten auch irgendwo wieder rauskommen.«

Die anderen sahen ihn an. »Klingt logisch«, meinte Oskar.

Hamlet schritt so nahe wie möglich an das Sandbecken heran. Dann legte er seinen Kopf dicht darüber und lauschte. »Ich höre es auch immer noch rauschen«, sagte er. »Da unten ist Wasser. Sehr viel Wasser sogar. Es ist mehr als bloß ein Rinnsal, vielleicht zehn oder zwanzig Sprünge entfernt. Glaubt mir, auf meine Ohren kann ich mich verlassen.«

»Du willst doch nicht etwa da durch?« Ampel starrte den jungen Wolf an, als wäre er verrückt geworden. »Das ist nicht wie vorhin in der U-Bahn. Man kann nicht einfach wieder auftauchen. Wenn man im Treibsand steckt, geht es nur noch abwärts, nicht mehr aufwärts. Deswegen ist er ja so gefährlich. Nicht einmal Oskar oder Caramba könnten wieder zurückschwimmen.«

»Aber da unten ist Wasser«, wiederholte Hamlet. »Ich höre es ganz deutlich. Ich glaube nicht, dass dieser Treibsand sehr tief ist. Es klingt einfach nicht so.«

Ampel wechselte nervös die Farben. »Aber was ist, wenn das Wasser da unten durch ein ganz kleines Loch läuft, wo wir nicht durchpassen?« Sein linkes Augen starrte abwechselnd Hamlet und Tulpe an, während sein rechtes zwischen Oskar und Caramba hin und her sauste.

Niemand wusste so recht eine Antwort darauf. Doch dann sagte Tulpe: »Wisst ihr, vielleicht war es ja das, was Rafina meinte. Sie sagte doch, wir sollten nicht gegen das Wasser ankämpfen, sondern seine Kraft nutzen. Und das Wasser geht schließlich da durch!«

»Und es ist unser einziger Wegweiser«, fügte Hamlet hinzu.

Er sah die anderen an. Tulpe stellte den Schwanz auf. Dann legte auch sie ihren Kopf an den Sand. »Ich höre es jedenfalls auch rauschen«, sagte sie. »Und es klingt wirklich mächtig.«

Oskar trat neben sie. »Und wenn es nur diesen Weg gibt!«

»Caramba!«, rief Caramba.

Ampels Kopf zuckte, und ein türkiser Schauer überlief ihn.

»Da unten ist der Fluss«, sagte Hamlet bestimmt. »Das Wasser findet ihn. Dann finden wir ihn auch!«

Ampel rollte die Augen. »Na gut«, sagte er langsam. »Es ist wohl wirklich die einzige Möglichkeit!«

»Ich bin bereit!«, quiekte Oskar.

»Denken alle so?« Hamlet sah in die Runde.

Die anderen nickten.

»Gut, dann steigt auf meinen Rücken. Ich gehe so weit in die Mitte wie möglich. Dann lassen wir uns sinken. Zehn

Sprünge entfernt erwartet uns etwas Gewaltiges.« Hamlet stieß ein kurzes Knurren aus, dann machte er den ersten Schritt in den Treibsand. Sofort begann die gesamte Fläche zu schwanken und zu schaukeln.

So sicher sich Hamlet auch war, jetzt spürte er, was Ampel gemeint hatte. Der Sand unter seinen Pfoten bot kaum Widerstand, sondern schien auseinanderzufließen und saugte ihn dabei nach unten.

»Holt alle gut Luft!«, rief der Wolf. »Es geht gleich abwärts!«

Er machte noch fünf große Schritte und versank mit jedem etwas weiter im Treibsand. Er stand jetzt bereits bis zum Brustfell darin. Es war kühl und klebrig, aber Hamlet merkte auch, dass es schnell nach unten gehen würde, so rasch floss das Wasser an seinen Läufen vorbei in die Tiefe. Plötzlich war die Kraft des Wassers so mächtig, dass es ihn von den Pfoten riss. Hilflos paddelnd trieb Hamlet immer weiter in die Mitte der Höhle und sank dabei tiefer und tiefer. Die anderen auf seinem Rücken fiepten und schnappten nach Luft. Der Sand erreichte Hamlets Hals. »Wir sehen uns unten«, rief er. Dann holte er noch einmal Luft und ließ sich in den Sog fallen.

9. Kapitel

Während Hamlet durch den Treibsand nach unten sank, hockte Kaka in einem der kaputten Fenster direkt hinter dem Taubennetz und blickte in die Fabrikhalle hinab zu Spy, der immer noch gefangen war. Weiter hinten in der Halle ragten einige große, dunkle Gebilde auf, aber Kaka konnte nicht erkennen, worum es sich handelte. Am liebsten hätte sie dem kleinen Kolibri Mut zugesprochen, aber sie durfte den Mann, der immer noch an der Werkbank mit irgendwas beschäftigt war, nicht auf sich aufmerksam machen. Also konnte Kaka nicht mehr tun, als im Regen zu sitzen und zu warten, dass Du zurückkam und hoffentlich Hilfe mitbrachte.

Sie wartete nicht lange. Ein Auto näherte sich. Kaka drehte sich um und blinzelte. Durch den Schlamm wälzte sich ein Jeep heran. Kaka erkannte den Wagen sofort. Es war der Jeep von Zoodirektor Müller!

Das Auto hielt direkt vor der Fabrikhalle. Dann sprang Müller heraus, im schwarzen Anzug und mit einem Spazierstock in der Hand. Er eilte hinein. Von ihrem Platz konnte Kaka ihn nicht mehr sehen. Aber sie hörte seine knallenden Schritte und das Klicken seines Spazierstocks. Zwei Schritte – ein Klick. Zwei Schritte – ein Klick.

Kaka spähte wieder ins Innere. Dann tauchte Müller in ihrem Blickfeld auf. Er hob das Taubennetz an, ging darunter hindurch und begrüßte den Schiffsbauer. Sie redeten miteinander, doch der Regen war so laut, dass Kaka kein einziges Wort verstand. Müller zeigte dem Mann seinen Spazierstock, aber Kaka achtete nicht weiter darauf. Sie sah nur, dass Spy aufgeregt flatterte.

Im nächsten Moment trat Müller auf den Drahtkäfig zu. Er schob eine Spanplatte darunter und hob sie mitsamt dem Käfig und Spy in die Höhe. Interessiert begutachtete er den wild zappelnden Kolibri. Dann nickte er, schüttelte dem Schiffsbauer die Hand und verließ dessen Behausung wieder.

Kaka flatterte panisch in die Luft. Von Du und der versprochenen Hilfe war noch nichts zu sehen. Jetzt lag es an ihr, Spy zu retten. Sie hatte keine Ahnung, wie sie das machen sollte, aber sie musste etwas unternehmen, bevor Müller davonfuhr! Entschlossen legte sie die Flügel an und ging in den Sturzflug über.

Als Zoodirektor Müller den kleinen Drahtkäfig auf den Beifahrersitz stellte, flatterte Spy in seinem Gefängnis immer wieder gegen die Stäbe. Doch Müller beachtete ihn gar nicht. Er stellte seinen Stock neben den Käfig und quetschte sich dann auf der Fahrerseite hinter das Lenkrad des Jeeps. Zufrieden rieb er sich die Hände. Ein Kolibri war natürlich kein Ersatz für den Wolf und den Gorilla, die seinem Zoo entflohen waren, aber er war besser als nichts.

»Hör auf zu flattern!«, herrschte er den kleinen Vogel an, der einfach keine Ruhe geben wollte. Ständig piepste und zwitscherte er, dass es ihm in den Ohren schmerzte. Aber es war ja keine lange Fahrt in den Zoo. Dort würde er das kleine, grüne Federvieh einfach in den nächstbesten Käfig sperren, und dann hatte er wieder seine Ruhe.

Müller griff nach dem Zündschlüssel, als er eine Stimme hörte. »He, du da!«

Der Zoodirektor hielt inne. Was war das gewesen?

»He, du da, Zoodirektor Müller!«, wiederholte die Stimme.

Da war doch jemand! Hier in seinem Auto! Müller drehte sich um. Aber auf der Rückbank stand nur seine Aktentasche, und auf dem Beifahrersitz hockte der Kolibri, der mit einem Mal ganz still geworden war. Aber der konnte es ja

kaum gewesen sein. Trotzdem hatte jemand mit ihm gesprochen!

»Hallo?«, fragte Müller zaghaft.

»Hallo«, antwortete die Stimme.

»Das gibt's doch nicht!«, entfuhr es Müller. Jetzt ging das schon wieder los! Seit er diesen Ärger mit dem Wolf und dem Gorilla hatte, passierte es immer wieder, dass ihn seine fünf Sinne im Stich ließen. Er sah zum Beispiel Dinge, die es nicht geben konnte. Und jetzt hörte er auch noch Stimmen! »Sei still!«, rief Müller verärgert. »Ich weiß, dass du nur eine Stimme in meinem Kopf bist!«

»Bin ich nicht«, widersprach die Stimme.

»So? Wer bist du dann?«

»Ich bin es, dein … äh … Spazierstock.«

Müller zuckte zusammen und griff nach seinem Stock. Es war ein ganz besonderer Stock. In seinem Inneren eingearbeitet befand sich ein getarntes Betäubungsgewehr, das Müller neuerdings immer bei sich trug, falls er diesen Bestien wieder einmal zufällig begegnen sollte. Man konnte den Griff öffnen und Betäubungspfeile hineinschieben. Aber dass der Stock auch sprechen konnte, war Müller neu.

Er starrte den Griff an. Er war aus Silber und sah aus wie der Kopf eines Dackels. Der Dackel bewegte sich kein bisschen, als er erneut etwas zu ihm sagte: »Ja, da staunst du, was?«

»Allerdings, ja, da staune ich.« Müller blickte noch einmal nach links und rechts und über die Schulter hinweg nach hinten, aber es gab keinen Zweifel: Es war niemand in der Nähe. Es musste der Stock sein, der sprach. Auch wenn das vollkommen verrückt war. Aber er hatte in letzter Zeit viele verrückte Dinge erlebt. Warum nicht zur Abwechslung mal ein sprechender Spazierstock? »Was willst du von mir?«

»Dich warnen.«

»Wovor?«

»Vor diesem Kolibri.«

Müller blickte auf den kleinen, grünen Vogel, der reglos in seinem Drahtkäfig saß, und lachte. »Wie bitte? Vor diesem Winzling? Wieso?«

»Er ist kein Winzling«, widersprach der Stock. »Er mag winzig aussehen, aber dieser Kolibri hat … magische Kräfte! Wenn du ihn in den Zoo mitnimmst, dann wird der Zoo … zugrunde gehen. Wenn Du ihn aber frei lässt, dann … dann wird er dir viel Glück bringen!«

»Pah! Das ist doch Unsinn!«

»Ist es nicht. Dein Glück wird sein, dass … dass du den Wolf und den Gorilla, die dir entwischt sind, bald wieder sehen wirst!«

Müller zuckte zusammen. Er griff den Stock und hielt den Dackelkopf ganz nahe vor seine Augen. »Woher weißt du das von dem Wolf und dem Gorilla?«

»Was glaubst du denn?«, antwortete der Stock. »Ich bin genauso magisch wie dieser Kolibri. Ich weiß alles!«

»So?« Müller grinste listig. »Wenn das so ist, dann weißt du ja eines ganz sicher. Nämlich was dein Geheimnis ist.«

»Wie … wie bitte?«

»Dein Geheimnis«, wiederholte Müller. »Du bist doch kein gewöhnlicher Stock, du bist doch etwas ganz Besonderes.«

»Ja, ich bin ein magischer Stock, das sagte ich bereits.«

»Das meine ich nicht!«, herrschte Müller den Dackelkopf an. »Aber wenn du mir nicht sagen kannst, was dich so besonders macht, dann glaube ich dir auch nicht, dass du wirklich mit mir sprichst. Dann ist das alles vielleicht bloß ein Trick!« Müllers Griff um den Stock wurde fester, so als wollte er ihn erwürgen. »Also? Ich höre!«

Kaka konnte in ihrem Versteck hinter der Aktentasche kaum ein aufgeregtes Flattern unterdrücken. Bis jetzt hatte alles so gut geklappt! Aber Kaka hatte keine Ahnung, was für ein Geheimnis der Zoodirektor meinte. Was sollte sie denn jetzt antworten?

»Ich weiß, wovon er spricht! Ich bekam es zu Gesicht!«, zwitscherte Spy plötzlich. »Der Stock, der ist hohl, ich hab Pfeile gesehen. Das bedeutet wohl: Er hilft nicht nur beim Gehen. Daraus lässt sich schließen: Man kann damit schießen!«

Kaka fand die Geschichte, die Spy ihr da erzählte, ziemlich verrückt. Aber sie hatte keine Wahl. In Menschensprache sagte sie: »Mein Geheimnis ist, dass ich eigentlich gar kein Spazierstock bin, sondern eine Waffe.«

Sekundenlang blieb Müller ganz still, und Kaka ließ vor Angst ein bisschen Vogeldreck auf den Rücksitz fallen, aber das machte zum Glück kein Geräusch. Dann nickte Müller plötzlich. »Du weißt es. Ich glaube dir, mein magischer Stock! Und du sagst, ich werde den Wolf und den Gorilla bald wiedersehen, wenn ich den Kolibri frei lasse?«

»Ganz bestimmt.«

Müller seufzte. »Na schön, das ist es wert.« Er hob das Gitter hoch. Sofort schoss Spy ins Freie und drehte eine Mini-Runde im Innern des Jeeps. Dabei kackte er Müller auf den Kopf, ohne dass dieser es merkte. Eine Sekunde später war er auch schon durch das offene Fenster nach draußen geflattert.

Als Müller zusah, wie der kleine, smaragdgrüne Punkt im dichten Regen verschwand, fiel sein Blick auf die Lagerhalle.

Ja, war denn das die Möglichkeit? Sein magischer Stock hatte recht gehabt! Müller drückte ihm einen nassen Kuss auf den Knauf. Denn auf dem Dach der Halle saß in seiner ganzen pelzigen Pracht der Gorilla, der ihm aus dem Zoo entwischt war!

10. Kapitel

Während Spy mit lautem Zwitschern seine Freiheit bejubelte, hielt Hamlet im Treibsand weiter den Atem an. Unaufhaltsam wurde er in die Tiefe gezogen. Es war ein völlig verrücktes Gefühl. Sand und Wasser bildeten eine lockere Masse, die sich unter ihm teilte und über ihm wieder schloss.

Die Augen fest geschlossen, nur mit der Schnauze und seinem Gehör spürte der Wolf dem Fluss des Wassers nach. Er dachte an Rafinas Worte und versuchte, sich in genau dieselbe Richtung zu bewegen. Dabei lauschte er auf das stetige Rauschen, das ihm aus der Tiefe entgegendrang. Je tiefer er sank, desto lauter wurde es. Hamlets Herz schlug immer heftiger.

Und plötzlich änderte sich etwas. Hamlet spürte es zuerst an seinen Vorderpfoten: Von unten drängte ihm ein kalter Wasserstrom entgegen. Hamlet paddelte in die Richtung, aus der die Kälte kam. Immer tiefer ging die Fahrt durch das Sandmeer. Von nun an wurde es mit jeder Sekunde kälter.

Und nahm nicht auch der Sand um ihn herum ab?

Mit einem Mal wurde er nach oben getrieben, und sofort darauf war der Sand weg. Das merkwürdige Gefühl, das seinen Körper umspült hatte, verschwand, und jetzt gab es nur noch Wasser um ihn herum. Wunderbar kühles, reines Wasser.

Hamlet öffnete die Augen.

Das Sandmeer war tatsächlich verschwunden. Er blickte sich um. Hinter ihm schwammen Ampel, Tulpe, Caramba und Oskar. Unter ihnen wogten leuchtend grüne Algen über Geröll und kleinen Flusskieseln am Grund. Mitten darin lag der Eingang in eine Höhle, in der sich ein heller Sandfleck abzeichnete. Von dort mussten sie gekommen sein. Irgendwie war aus der Abwärtsfahrt eine Aufwärtsfahrt geworden.

Aber Hamlet hatte keine Zeit, sich darüber Gedanken zu machen. Seine Lungen begannen zu pochen. Seine Luft war verbraucht, er wollte atmen. Neben ihm flitzte Oskar bereits in die Höhe, gefolgt von Caramba. Tulpe und Ampel krallten sich an Hamlets Rückenfell fest. Hamlet stieß sich vom Kieselgrund ab und schnellte durchs Wasser. Einen Moment später stieß sein Kopf durch die Wasseroberfläche ins Freie. Begierig ließ er die klare Luft in die Lungen strömen. Neben ihm tauchten heftig paddelnd Ampel und Tulpe auf.

»Wir haben es geschafft!«, rief Hamlet.

»Sieht tatsächlich so aus«, keuchte Ampel. Er war inzwischen von dunkler grün-blauer Farbe wie das Wasser. »Aber wo sind wir gelandet?«

Sie sahen sich um. Es war fast dunkel. Nur über ihnen schimmerte blasses blaues Licht, beinahe wie Sterne. Doch nachdem Hamlets Augen sich an die Dunkelheit gewöhnt hatten, sah er, dass sie nicht unter freiem Himmel waren, sondern in der Mitte eines riesigen Sees, der sich in einer noch viel riesigeren Höhle befand. Das Rauschen, das er schon über dem Treibsand gehört hatte, war nun viel lauter, aber er konnte seine Quelle nicht ausmachen.

»So viel Platz zum Schwimmen!«, rief Oskar begeistert und jagte pfeilschnell durch das Wasser. Er tauchte in die Tiefe und machte immer wieder Sprünge, die ihn aus dem See hinauskatapultierten. »Das macht viel mehr Spaß, als immer nur im Gully auf und ab zu tauchen!« Dann flitzte Oskar davon und glitt als ein rauchiger Schatten durch das türkis und grünlich schimmernde Wasser aufs Ufer zu. Direkt hinter ihm flitzte ein tintenblauer Fleck heran, der kurz an der Wasseroberfläche nach Luft schnappte und einmal laut »Caramba!« quakte.

Ampel räusperte sich. »He, wenn es dir nichts ausmacht,

Hamlet, könntest du mich jetzt vielleicht ans Ufer bringen? Ich friere in dem kalten Wasser langsam ein.«

Hamlet nickte. Ampels Farbe wechselte schon langsam zu eisblau. Er und Tulpe hielten sich an seinem Nackenfell fest, und Hamlet paddelte Oskar hinterher.

Bald spürte er festen Boden unter den Pfoten. Er kroch an Land und wartete, bis Tulpe und Ampel von seinem Rücken gekrabbelt waren. Dann schüttelte er sein Fell aus, dass die Tropfen zu allen Seiten flogen. Tulpe tat es ihm gleich, dann kuschelte sie sich an Ampel, um ihn aufzuwärmen.

Das Ufer des unterirdischen Sees stieg leicht bergan, bevor es an die Höhlenwand stieß. Noch immer rauschte es von irgendwoher, aber sie konnten in der Dunkelheit einfach nicht weit genug sehen.

Hamlet näherte sich der Höhlenwand. Er wollte die Quelle des geheimnisvollen Leuchtens näher untersuchen. Als er direkt vor dem schroffen, dunklen Felsen stand, sah er, dass das Licht von winzigen Steinchen kam, die aus dem Fels herauswuchsen. Sie schimmerten nur ganz sacht, noch schwächer als die Leuchtflechten.

»Seht mal!«, flüsterte Hamlet. Plötzlich gab es einen ganz leisen, singenden Ton, und die leuchtenden Steinchen schimmerten etwas heller.

»Huch!«, entfuhr es Hamlet verblüfft. Und als sein erstaunter Ausruf von den Wänden widerhallte, erklang wieder das leise, helle Singen, und ein paar mehr Steinchen fingen an zu leuchten.

Inzwischen waren auch die anderen näher gekommen.

»Habt ihr das gesehen?«, flüsterte Hamlet.

Tulpe und Oskar nickten ehrfurchtsvoll.

Ampel ließ seine Zunge vorschnellen und berührte mit ihrer Spitze einen der kleinen Steinchen. »Das sind Kristalle«, stellte er fest. »Leuchtkristalle.«

»Ja«, meinte Hamlet. »Und es sah so aus, als wären sie heller geworden, als ich ›Huch‹ gesagt habe.«

»Hey, probier das noch mal!«, drängte Tulpe aufgeregt. Und als Hamlet ihrer Aufforderung nicht sofort nachkam, sagte sie selbst: »Huch!«

Wieder gab es das leise Singen, und wieder leuchteten ein paar Kristalle auf und wurden nur ganz langsam wieder schwächer.

»Die Kristalle fangen an zu leuchten, sobald jemand ›Huch‹ sagt!«, stellte Ampel fest. »Wahrscheinlich werden sie von den Schallwellen in Schwingungen versetzt, und dann gibt es irgendeine chemische Reaktion.«

Die anderen Tiere verstanden kein einziges Wort.

»Du hast wirklich eine Menge Radio gehört«, meinte Oskar bloß und wandte sich dann selbst den Kristallen zu. »Ob's auch mit ›Hach‹ geht?« Und dann rief er: »Hach!«, und die Kristalle in seiner Nähe schimmerten auf.

»Huch!«, rief Tulpe.

»Hach!«, rief Oskar.

»Caramba!«, rief Caramba.

Und gemeinsam liefen und hüpften sie vor der Felswand auf und ab, und immer mehr Kristalle leuchteten. Inzwischen war es richtig hell geworden, aber nur dort, wo sie standen.

Der Rest der Höhle lag noch immer in der Dunkelheit verborgen.

»Wartet mal!«, rief Hamlet und lief aufgeregt ein paar Sätze zurück Richtung Seeufer. Dort hockte er sich hin, reckte den Kopf in die Höhe und heulte das lauteste und längste Wolfsheulen, das er je ausprobiert hatte.

Das Heulen hallte von den Wänden wider, das helle Singen mischte sich dazu, und plötzlich blitzten überall bunte Kristalle auf. In einer leuchtenden Welle, die sich immer weiter fortsetzte, erstrahlte die ganze Höhle in sanftem, buntem Licht. Je weiter oben die Kristalle aus dem Felsen wuchsen, desto größer wurden sie. Hoch, hoch über ihnen, unter der Decke der gigantischen Höhle, waren sie schließlich so groß wie ein Gorilla. Überall funkelte und glitzerte es in tausend Farben, dass selbst Ampel neidisch werden konnte. Schließlich war die ganze Höhle hell erleuchtet, und das Heulen und Singen verklang langsam.

Hamlet, Oskar, Ampel und Tulpe waren sprachlos vor Staunen. Nur Caramba quakte leise: »Caramba!«

Der See war riesig, viel größer noch, als sie gedacht hatten. Er spiegelte das Leuchten der Kristalle wie ein Teppich aus Licht und mündete am anderen Ende der Höhle in einen Fluss, der sich in der Dunkelheit verlor.

Und nun sahen sie auch, was der Grund für das immerwährende Rauschen war: Nicht weit entfernt stürzte aus der Decke ein Wasserfall, hoch wie ein Hochhaus, und brauste in den See. Das schaumweiße Wasser sah so herrlich aus, dass Hamlet verzückt jaulte.

»Hey, Hamlet«, rief Tulpe außer sich vor Begeisterung. »Das ist ja der superdupertollste Ort, den ich überhaupt je gesehen habe!«

»Das ist der superdupertollste Ort, den es auf der Welt überhaupt gibt!«, quiekte Oskar.

»Caramba!«, quakte Caramba und hüpfte zurück in den See, um im bunt glitzernden Wasser zu toben.

»Wirklich phantastisch!«, hauchte Ampel, und über seine Haut flackerten alle Farben, die er sah. »Sieht wirklich so aus, als hätten wir den unterirdischen Fluss tatsächlich gefunden!«

11. Kapitel

Während Ampel vor Freude in allen Farben leuchtete, prasselte über der Stadt und dem verlassenen Fabrikgelände unaufhörlich der Regen nieder. Es war eine wahre Sintflut. Vollkommen erschöpft vom Fliegen hockte sich Du auf Barnabas' Schulter. »Wir sind da!«, krächzte er. »Da unten in der Halle ist Spy gefangen!«

Shiva trat an die Seite des Gorillas. »Hast du einen Plan, wie wir ihn da rausholen, Barnabas?«

»Einen Plan? Na ja …« Barnabas kratzte sich verlegen am Kopf. »Ich dachte, wir holen ihn einfach raus. Oder was mcinst du?«

Shiva grinste in sich hinein. »Klingt vernünftig. So machen wir es.«

Barnabas sprang in einem gewaltigen Satz vom Dach der Halle und landete in einer Fontäne aus Regenwasser und Matsch. Shiva machte zwei, drei Schritte senkrecht die Wand hinunter, bevor sie sich abstieß und wesentlich eleganter landete. Trotzdem war sie inzwischen pitschnass. Und sie hasste es. Aber was tat man nicht alles für seine Freunde.

Eilig folgten sie Du, der sie zu der Fabrikhalle führte, in der der Schiffsbauer lebte. Keiner von ihnen bemerkte den safarigelben Jeep, der in der Nähe geparkt war.

Die Tür zur Halle war nur angelehnt, und Barnabas und Shiva stürmten hinein. Es war dunkel hier drinnen, aber am Ende der Halle, hinter einem kaputten Türrahmen, schimmerte etwas Licht.

Sie hatten gerade die Hälfte des Weges zurückgelegt, als plötzlich ein kleiner, smaragdgrüner Fleck heransirrte.

»Spy!«, rief Shiva und blieb stehen. »Wir dachten, du seist gefangen!«

»Gefangen? Das war ich! Das war ganz schön haarig! Doch kaum war ich frei, sah ich euch zwei.«

Im selben Augenblick flatterte auch Kaka heran.

»Kaka, Liebste!«, krächzte Du, und seine Augen glänzten golden vor Glück.

Auch Kaka war glücklich, Du wiederzusehen, aber jetzt hatten sie keine Zeit für ihre Wiedersehensfreude. »Wir müssen abhauen! Müller ist hier!«

»Müller?«, rief Shiva. »Was will der denn schon wieder? Und wie konntest du Spy überhaupt befreien?«

»Das erzähle ich euch später!«, drängte Kaka. »Müller kann jede Sekunde hier sein! Und er hat Betäubungspfeile in seinem Spazierstock!«

»In seinem Spazierstock?«, wiederholte Barnabas und kratzte sich verwirrt am Kopf.

»Wir können noch nicht gehen!«, zwitscherte Spy aufgeregt. »Ich habe was gesehen! Schiffe, und zwar hunderte, was mich mehr als wunderte! Sie sind gigantisch groß, und da dachte ich dann bloß: ›Wir müssen keins mehr bauen, wenn wir hier eins klauen.‹«

»Schiffe?«, fragte Shiva erstaunt. »Wirklich, Spy? Wo denn?«

»Da hinten, doch es gibt ein Problem: Dem Schiffsbauer ist das nicht genehm.«

Weiter kam Spy nicht mit seinen Erklärungen. Hinter ihnen wurde die Tür zur Fabrikhalle aufgestoßen, und im fahlen, regengrauen Gegenlicht stand die runde Gestalt von Zoodirektor Müller. Seinen Spazierstock mit dem Dackelkopf hielt er wie eine Waffe. »Habe ich euch endlich!«

Barnabas, Shiva und den Vögeln blieb keine Zeit zu überlegen. Es gab nur zwei Ausgänge aus der Halle. Den einen blockierte Müller mit seinem Spazierstock-Gewehr. Also rannten sie in die andere Richtung, dem Licht hinter dem

zerbrochenen Türrahmen entgegen. Zum Glück waren sie viel schneller als Müller.

Barnabas riss das, was von der kaputten Tür noch übrig war, einfach weg, und stürzte hindurch. Es ging um eine Ecke, und dann war da plötzlich ein Netz, das ihnen den Weg versperrte.

»Was machen wir jetzt?«, keuchte Shiva erschrocken.

»Wieso?«, fragte Barnabas und riss das Netz von der Decke, als wären es Spinnweben. »Was meinst du?«

»Was ist denn da los?«, dröhnte plötzlich eine Stimme aus dem hinteren Teil der Halle. »Zoodirektor Müller, sind Sie das?« Schon näherten sich Schritte.

»Wir sitzen in der Falle!«, fauchte Shiva.

»Ach was«, winkte Barnabas ab.

»So? Und wie sollen wir hier wieder rauskommen?«

»Hm«, machte Barnabas, während von beiden Seiten Schritte näher kamen. »Erst mal Licht aus!« Er sprang hoch und versetzte der Glühbirne, die über ihren Köpfen baumelte, einen Schlag. Sie zersprang mit einem Knall, und schlagartig wurde es dunkel. Durch das Unwetter und die schmutzigen Scheiben drang kaum noch Licht in die Fabrikhalle.

»Was ist denn jetzt los?«, hallte die Stimme des Schiffsbauers durch die Dunkelheit. »Wer hat denn das Licht ausgemacht? Herr Müller, waren Sie das?« Dann rumpelte es, und der Schiffsbauer stöhnte schmerzvoll auf.

Für Shiva dagegen war die Dunkelheit überhaupt kein Problem. Mit ihren Katzenaugen sah sie so gut wie vorher. »Wo sind denn diese Schiffe, Spy?«, schnurrte sie leise.

»Kommt mit, ihr vier, sie sind gleich hier!« Spy setzte sich auf Shivas Kopf, Kaka und Du auf Barnabas' Schultern. Shiva führte sie durch die Halle. An der Werkbank vorbei, schlichen sie in den hinteren Teil der Halle. Shiva sah, wie der Schiffsbauer sich aufrappelte und sich Schritt für Schritt durch die Dunkelheit tastete, bis er schließlich über das heruntergerissene Netz stolperte. Er ging in die Hocke, klaubte das Netz vom Boden auf und legte sich auf die Lauer. Dass die geheimnisvollen Eindringlinge, auf die er wartete, schon längst an ihm vorbei waren, hatte der Mann überhaupt nicht gemerkt.

Auch Zoodirektor Müller war etwas verwirrt. Auf einmal war es dunkel! Und der blöde Schiffsbauer rief ständig nach ihm. Aber Müller antwortete nicht. Sonst konnte er doch die fliehenden Tiere nicht hören! Dieser Idiot da vorn sollte bloß seinen Mund halten!

Der Gorilla war tatsächlich wieder aufgetaucht. Und mit ihm auch der schwarze Panther, der ihm ebenfalls schon einmal begegnet war, obwohl er nicht aus seinem Zoo stammte. Sein magischer Spazierstock hatte recht behalten! Komischerweise sprach er jetzt gar nicht mehr zu ihm. Aber wahrscheinlich ging es dem Stock ähnlich wie Müller selbst: Er musste sich konzentrieren. Zu dumm, dass er heute seinen schwarzen Anzug trug und nicht seine Großwildjägerkluft mit dem Tropenhelm. Darin hätte er sich bei seiner Jagd viel besser gefühlt.

Müller erreichte die kaputte Tür, schlich weiter und lugte vorsichtig um die Ecke. Auch dahinter war alles dunkel. Der Zoodirektor wartete mit angehaltenem Atem, dass sich seine Augen an die Dunkelheit gewöhnten. Dann schlich er weiter.

Plötzlich knirschte etwas unter seinen Schuhen. Das zersprungene Glas einer Glühlampe! Eine Sekunde später stürzte sich ein dunkler Schatten auf ihn.

Doch Müller war vorbereitet. Er riss seinen Spazierstock hoch und drückte ab. Der Betäubungspfeil sirrte hervor. Doch im selben Moment hatte der Angreifer schon etwas nach ihm geworfen. Und ehe Müller sich versah, breitete sich ein riesiges Netz über ihm aus und begrub den Zoodirektor unter sich. Müller schrie vor Schreck und versuchte, sich zu befreien. Aber dabei stieß er nur gegen Tische und Regale und Werkzeug und fiel hin und verstrickte sich immer mehr in das Netz. Er hörte noch ein Stöhnen. Aber es war nicht das Stöhnen eines Tieres! Er hatte den Schiffsbauer getroffen! Er war es gewesen, der das Netz nach ihm geworfen hatte!

Müller fluchte leise. Der Einzige, der ihn sofort aus seiner misslichen Lage hätte befreien können, lag wenige Meter von ihm entfernt auf dem Boden und fing jetzt selig an zu schnarchen.

»Ihr verdammten Pelzviecher!«, brüllte Müller vollkommen außer sich. Aber es half nichts. Die Tiere waren ihm ein weiteres Mal entwischt. Mühsam begann der Zoodirektor an dem Netz um seinen Körper zu nesteln.

»Da hinten ist aber ganz schön was los«, krächzte Kaka leise, als sie den Zoodirektor am anderen Ende der Halle schimpfen und wüten hörte.

»Keine Sorge«, meinte Shiva, die auf einen Tisch gesprungen war und einen Blick zurückgeworfen hatte. »Müller hat sich selbst außer Gefecht gesetzt. Also, Spy, wo sind nun deine riesigen Schiffe?«

»Vor deinem Gesicht, siehst du sie nicht?«

Shiva riss die Augen auf. Und dann sah sie, was Spy meinte. Über einer langen Reihe von Tischen ragten Hunderte von Masten in die Dunkelheit. Majestätisch stand dort ein Schiff neben dem nächsten, eine schier endlose Zahl. Bei einigen waren sogar die Segel gehisst, als wollten sie jeden Augenblick in See stechen. Nur dass etwas an den Schiffen ganz anders war, als Shiva es sich vorgestellt hatte.

Spy flog auf und sirrte zwischen den Tauen und Ankern, Galionsfiguren und Steuerrädern hin und her. »Die ganze Halle ist voll! Ist das nicht toll?«, zwitscherte er begeistert.

Shiva schwieg verlegen. Und auch die anderen kamen näher, sahen sich um und sagten nichts.

»Was ist mit euch los? Was habt ihr denn bloß?«

Barnabas war der Erste, der sich traute, zu antworten. »Also, ich weiß ja nicht, Spy. Die Schiffe sind super, klar. Aber so richtig groß finde ich die nicht gerade.«

Und jetzt sah der kleine Kolibri, was Barnabas meinte. Der Gorilla saß neben einem der Schiffe. Und er überragte selbst den höchsten Mast um einen Kopf.

»Oh –«, piepste Spy und wusste nicht weiter.

Auch Shiva strich zwischen den Schiffen umher. Keines war größer als das, neben dem Barnabas saß. Aber das war Spy vorher gar nicht aufgefallen.

»Ich fürchte, du hast dich ein bisschen verschätzt, Spy«, sagte Shiva leise. »Wahrscheinlich dachtest du, dass alles, was für dich groß ist, auch für uns groß ist, nicht wahr?«

Spy setzte sich niedergeschlagen auf einen Ausguck und blickte um sich. Shiva hatte recht. Ihm waren die Schiffe so riesig vorgekommen. Aber er hatte ganz vergessen, dass die anderen Tiere ja viel, viel größer waren als er selbst.

»Das sind bloß Modelle«, meinte Du. »Der Schiffsbauer baut Modellschiffe, keine richtigen.«

»Ihr habt ja so recht! Jetzt ist mir ganz schlecht. Mir kam

nicht in den Sinn, was für'n Winzling ich bin. Winzig und klein, mehr werd' ich nie sein.«

Du flatterte zu Spy auf das Modellschiff und setzte sich auf den Kopf der Galionsfigur. »Mach dir keine Vorwürfe, Spy.«

Doch der kleine Kolibri war untröstlich. »Und was machen wir nun? Was soll'n wir jetzt tun?«

»Wisst ihr was?«, rief Kaka plötzlich aufgeregt. »Wir nehmen einfach eins der Modelle mit!«

»Wozu?«, fragte Barnabas.

»Wir sind doch hergekommen, weil wir herausfinden wollten, wie man Schiffe baut! Wenn wir so ein Modell hätten, dann könnten wir es uns ganz genau ansehen und es einfach nachbauen, bloß halt viel größer. Das ist doch perfekt! Viel besser sogar, als wir uns erhoffen konnten!«

»Kaka, das ist eine super Idee!«, rief Shiva.

Spy schöpfte neue Hoffnung. »Meint ihr das ehrlich und redlich? Es war nicht alles vergeblich?«

»Ja sicher!«, rief Shiva. »Aber wir müssen uns beeilen. Müller ist dabei, sich aus dem Netz zu befreien.«

»Und wie kriegen wir das Modellschiff hier raus?«, fragte sich Du.

»Na, so!« Barnabas hob das Schiff hoch und setzte es sich

auf die Schulter. Der Länge nach war das Modell sogar größer als der Gorilla, aber zum Glück nicht so schwer.

»Aber der einzige Ausgang ist von Müller versperrt!«

»Da ist noch einer«, behauptete Barnabas und trat auf eine Wellblechwand zu.

»Ich sehe aber keine Tür«, zweifelte Shiva.

Barnabas trat gegen das Blech, und mit lautem Scheppern flog es aus der Wand und klatschte in eine tiefe Pfütze. Schwaches Tageslicht begrüßte sie. »Ich schon«, lachte Barnabas und schob das Modellschiff vorsichtig durch die Öffnung. Dann krabbelte er hinterher. Einen Augenblick später waren alle wieder unter freiem Himmel.

»Dann nichts wie weg!«, rief Shiva und sprang mit großen Sätzen los. Sie wollte nicht länger als nötig über die Dächer durch den Regen laufen. Aber dann bemerkte sie, dass Barnabas gar nicht so schnell hinterherkam. Er konnte zwar das Schiff tragen, musste aber vorsichtig sein, dass er es nicht aus Versehen kaputt machte.

»Oh, Leute!«, jammerte Barnabas. »Ich kann damit unmöglich klettern! Kannst du gerade mal halten, Spy?« Er hielt dem winzigen Kolibri das Schiff hin. Spy blieb wie festgeklebt in der Luft stehen. Dann lachte Barnabas prustend. »War bloß ein Witz, Spy, war bloß ein Witz!«

»Kannst du das Dach mit ihm nicht erklimmen, lass doch das Schiff im Wasser schwimmen«, piepste Spy.

Barnabas sah den Kolibri dankbar an. »Guter Rat, mein kleiner Freund. Danke! Es regnet ja wirklich so doll, dass alle Straßen unter Wasser stehen!«

Barnabas stellte das Schiff vorsichtig ab.

»Es schwimmt tatsächlich ein bisschen!«, stellte Shiva fest. »Aber es stößt immer wieder unten an. Das Wasser ist noch nicht tief genug. Es müsste noch mehr regnen. Heiliges Schnurrbarthaar, wer hätte gedacht, dass ich das mal sagen würde!«

Barnabas kratzte sich am Kopf. »Mehr Wasser brauchen wir?« Sein Blick fiel auf den Wasserturm, der neben der Fabrikhalle auf dünnen Stelzenbeinen stand. Plötzlich fing er wieder an zu glucksen. Er sprang von einer Pfütze zur nächsten und rief: »Ich habe eine Idee, ich habe eine Idee! Leute, ich sag's euch, das wird affenmäßig super!«

12. Kapitel

Zur gleichen Zeit hielten Hamlet und die anderen in der Kristallhöhle am See Rat.

»Ich hatte gedacht, dass wir einfach dem Fluss folgen, wenn wir ihn gefunden haben«, sagte Hamlet. »Aber da hinten wird das Ufer so schmal, dass wir nur im Wasser weiter kommen. Und das hält Ampel nicht mehr aus. Also müssen wir uns einen anderen Weg nach oben suchen.«

Oskar und Caramba, die die ganze Zeit im See geschwommen waren, sahen sich an. »Wir haben da vielleicht schon was entdeckt«, sagte Oskar. »Caramba und ich sind unter dem Wasserfall durchgetaucht. Wir wollten mal so richtig im Schaum baden. Und dabei haben wir was gefunden!«

»Caramba«, quakte Caramba und strahlte vor Freude.

Oskar wackelte aufgeregt mit dem Kopf. »Direkt hinter dem Wasserfall ist eine Höhle, und da drin führt ein Schacht nach oben. Er ist allerdings ziemlich steil. Und außerdem weht da so ein komischer warmer Wind.«

Ampel horchte auf. »Also, warmer Wind wäre im Moment genau das Richtige für mich.«

»Aber um da hinzukommen, musst du durchs Wasser.«

»Wieso?« Ampel musterte die Höhle. »Ich kann doch über den Felsen da vorne klettern, der wie ein eingefrorener Wirbelsturm aussieht.« Ampel deutete auf eine Felsnadel, die direkt neben dem Wasserfall aufragte.

»Ich glaube, da können wir alle lang!«, rief Hamlet.

Ein verschlungener Pfad führte um den Felsen, dem die Tiere folgen konnten. Hamlet sprang voran. Am Ende des Pfades standen sie vor dem rauschenden Wasserfall.

»Und da kann man wirklich gefahrlos durch?« Ampel lief grünlich an und kratzte sich mit seinem Greifschwanz den Rücken.

»Aber ja!«, Oskar zögerte nicht und marschierte einfach auf den Wasserfall zu. Er machte einen Schritt, und wo eben noch Oskar vor dem Wasserfall gestanden hatte, war jetzt nur der Wasserfall.

»Oskar?«, rief Hamlet.

»Ich bin hier«, piepste es leise zurück. »Gar kein Problem. Kommt schon!«

Hamlet holte tief Luft. Dann sprang er mit einem Satz in das Wasser und landete direkt dahinter sicher in einer ziemlich dunklen Höhle. Der Wolf blickte sich erstaunt um. Am Ende der Höhle verlief ein senkrechter dunkler Schacht aus der Tiefe nach oben. Und aus dem Schacht drang ein leises Jaulen.

Hamlet wartete auf die anderen, die eben hinter ihm durch den Wasservorhang kamen.

»Ein dolles Ding«, meinte Ampel, der sich sicherheitshalber an Tulpes buschigem Schwanz festgehalten hatte. »Hätte nie gedacht, dass man mal eben so durch eine Million Liter Wasser durchmarschieren kann. Das ist ja ein richtiger Schnellwaschgang.« Das Chamäleon kicherte. »Und da hinten ist also der warme Wind, was? Hm, das ist dann sozusagen der Trockengang. Ah, das fühlt sich wirklich gut an.«

Die Tiere traten an den Schacht. Das leise Heulen kam vom Wind, der warm und trocken aus dem Schacht in die Höhe wehte. Hamlet fühlte, wie er in wenigen Sekunden sein nasses Fell trocknete. Er blickte hinab. Nach unten schien der Schacht endlos weit in die Erde zu reichen. Er war so tief und schwarz, wie Hamlet es noch nie gesehen hatte.

»Passt bloß auf!«, warnte er. Dann sah er nach oben. Auch über ihnen schien es kein Ende zu geben, aber früher oder später musste der Schacht ja an die Erdoberfläche führen. Doch er würde nicht leicht zu ersteigen sein. Es gab nur wenige Vorsprünge und Stufen. Für geschickte Kletterer wie Barnabas oder Shiva wäre es bestimmt kein Problem, hier hochzukommen, aber für Hamlet war es fast unmöglich.

Neben ihm beugte sich Caramba über den Schachtrand. »Caramba!«, quakte der kleine Frosch, als er die Finsternis unter sich erblickte.

In diesem Moment geschah etwas Unerwartetes. In der Tiefe des Schachts erhob sich ein viel stärkeres Heulen als bisher. Es stöhnte und kreischte, dass Hamlet angst und bange wurde. Dann schoss plötzlich ein heftiger warmer Windstoß aus der Tiefe. Der Wind war so stark, dass er Caramba mühelos vom Rand des Kamins mit sich in die Höhe riss.

Hamlet schnappte nach dem Frosch, so schnell er konnte, aber er kam zu spät. Dieser flog bereits als kleiner blauer Punkt weit über ihm in die Höhe.

»Caramba!«, rief Hamlet, »halt dich fest!«

Doch der Frosch schien ihn nicht mehr zu hören. Wie in einem Aufzug aus Wind raste er von dannen.

Hamlet sah seine Freunde an. »Wir müssen ihn retten! Wer weiß, wo dieser Wind ihn hinträgt?«

Tulpe, Oskar und Ampel starrten Caramba fassungslos hinterher. Der Sturm wehte immer noch in die Höhe, ließ aber nun merklich nach.

Ampel kraxelte langsam ein paar Schritte auf den Schacht zu.

»Dieser Wind«, sagte er bedächtig, »könnte eine tolle Sache sein. Wenn es in dem Schacht richtig hochgeht, also – kennt ihr die Legende, wie das erste Chamäleon von Afrika nach Australien kam? Ich habe sie bei unserem Ausflug ins Museum gehört. Das war nämlich so: Mein Vorfahre setzte sich einfach an der afrikanischen Küste auf einen Baumstamm, hielt seinen Körper als Segel in den Wind und überquerte so den Ozean.«

Tulpe seufzte. »Aber Ampel! Das hier ist kein Wasser und kein Baumstamm, sondern nur Wind in einem Kamin!«

»Ja, aber wenn der Wind hier öfter so stark ist wie eben, also dann …« Er sah in die Höhe.

»Du willst da hochsegeln?«, rief Hamlet.

»Genau das will er, und ich glaube, das ist ei-

ne irre gute Idee!« Oskar stand schon am Schachtrand und hielt seinen Schnabel in den warmen Wind, der jetzt nur noch sehr leicht wehte.

»Moment«, sagte Hamlet. »Dieser Wind vorhin mag ja für Caramba reichen. Aber wie soll ich damit in die Höhe segeln?« Misstrauisch spähte er in den Abgrund.

»Das müssen wir eben einfach ausprobieren«, antwortete Ampel. »Wenn der Wind für Caramba reicht, reicht er vielleicht auch für mich. Wenn er für mich reicht, reicht er vielleicht auch für Tulpe. Und wenn er für Tulpe reicht, reicht er vielleicht auch für Oskar.«

»Und dann auch für mich«, sprach Hamlet den Gedanken zu Ende.

»Wenn du dich ganz flach machst, wie ein Bettvorleger, dann müsstest du dem Wind genug Angriffsfläche bieten.«

»Es ist genau wie mit dem Wasser«, fand Tulpe. »Wir müssen die Kraft des Windes nutzen!«

»Außerdem ist es sowieso der einzige Weg hier raus«, stellte Ampel fest. Da jaulte es in der Tiefe erneut.

»Da kommt er wieder«, rief Oskar.

Ampel ließ seine lange Zunge aus dem Maul schnellen und hielt sie in den Strom. »Also, für mich reicht es ganz bestimmt! Und so schön warm, hmmm!« Dann grinste er breit, warf sich über den Abgrund und schoss im selben Moment unter den verblüfften Blicken der anderen in die Höhe. »Los, kommt!«, hörten sie Ampel noch rufen. »Es ist total irre!«

Ohne zu zögen sprang Tulpe dem Chamäleon nach. Ihr buschiger Schwanz funktionierte wie ein Fallschirm. Sofort wurde sie in die Höhe gerissen.

»Komm schon, Hamlet«, rief Oskar. Und schon sprang er hinterher und flog nach oben, die breiten Schwimmfüße und den platten Schwanz gespreizt.

Hamlet seufzte. »Ihr seid verrückt!« Aber dann machte er einen vorsichtigen Schritt und spürte, wie der Wind an seinen Pfoten riss, so stark, wie er es nie für möglich gehalten hätte. Hamlet ließ sich fallen.

13. Kapitel

Wie von einer riesigen Hand gepackt, wurde Hamlet nach oben getragen. Dieser Wind hatte die Kraft mehrerer Gorillas. Hamlet sah die Felswände an sich vorbeirasen. Um den Wind musste er sich keine Sorgen machen. Nur darum, dass ihm bei der wilden Fahrt nicht schlecht wurde.

»Achtung an alle«, schallte Tulpes Stimme plötzlich herab. »Hier ist Endstation!«

Auch Hamlet erblickte das Ende des Schachts. Die Felsendecke raste auf ihn zu. Sie würden dagegengeschleudert und zerquetscht werden! Doch dann wurde der Schacht plötzlich breiter und die Kraft des Windes dadurch schwächer. Hamlet taumelte in der Luft und driftete seitwärts auf einen Felsvorsprung zu. Und dann landete er auch schon. Hamlet jaulte vor Schreck und klammerte sich sofort an einem Felsen fest. Die anderen waren auch dort gelandet, offenbar war das der normale Weg des Windes. Der Wind prallte oben gegen die Decke und fegte dann über ihre Köpfe hinweg in einen anschließenden Tunnel, der ins Felseninnere führte. Zu ihren Füßen war es nass. Ein kleiner Bach floss aus dem Tunnel den Schacht hinunter, wo der Wind ihn zu Sprühwasser zerstob.

»Was für eine irre Reise!«, rief Oskar begeistert.

Neben ihm leckte sich Tulpe das schwarz-weiße Fell glatt, das ihr in alle Richtungen abstand. »Also Leute, uiuiui!« Sie schüttelte den Kopf und fuhr sich abschließend mit ihrer rosa Zunge über die Nasenspitze.

»Heiß«, zischelte Ampel. »Echt eine heiße Sache. Oh, dieser Wind! Wunderbar! Ich fühle mich wie neugeboren.«

Hamlet sah seine Freunde an. »Und wo ist Caramba?«

»Auweia, du hast recht!« Tulpe sprang auf. »Suchen wir ihn. Auf alle Fälle sind wir jetzt ganz schön weit oben. Ich glaube sogar, wir können nicht weit vom Paradies sein.«

Oskar watschelte hinter ihr her. »Ja, es riecht schon wieder nach Stadt. Und hier ist alles voller Regenwasser.«

»Dann los!« Ampel marschierte entschlossen voran in den Tunnel. Der Wind fegte ihnen noch immer über Schuppen und Fell, war aber nicht mehr so stark. Dafür hatte Ampel ein weiteres Mal gegen das Wasser zu kämpfen.

Nach wenigen Metern mündete der Gang in eine kleine Höhle, die halb überschwemmt war. Es plätscherte von der

Decke und tropfte und floss aus kleinen Ritzen und Spalten, und es war ungemütlich und kalt. »Oh nein«, schimpfte Ampel. »Jetzt werde ich wieder auskühlen.«

Er hatte recht. Auch Hamlet spürte, wie ihm das eisige Wasser bis auf die Knochen drang.

»Da ist Caramba!«, rief Tulpe und sprang ungerührt durch das Wasser zur hinteren Wand der Höhle. Dort klebte der tintenblaue Frosch verwirrt und erschöpft am Felsen.

»Caramba?«, quakte er kläglich.

»Er kommt nicht gegen den Wind an!«, begriff Oskar. »Für uns ist der Wind nicht mehr so schlimm, aber er reicht noch aus, um Caramba gegen die Wand zu drücken. Wir müssen ihm helfen!«

Doch das war leichter gesagt als getan. Caramba klebte so weit oben an der Decke, dass niemand ihn erreichen konnte. Und überall war es so nass und rutschig, dass selbst Ampel an den moosbewachsenen Felsen keinen Halt fand.

»So geht das nicht.« Hamlet sah sich um. Sein Blick fiel auf einen großen, runden Felsen, der dicht neben dem Eingang lag. »Leute, wenn wir den Felsen vor die Öffnung rollen, kann der Wind nicht mehr hier rein. Dann kann Caramba sich wieder bewegen!«

Alle halfen mit. Mit vereinten Kräften drückten und schoben sie, bis der Felsen endlich leise knirschte. Dann setzte er sich in Bewegung und rollte genau vor das Loch.

Schlagartig hörte der Wind auf.

Hamlet sah hoch. Caramba fiel von der Wand und klatschte ins Wasser. Aber schon bald tauchte er wieder auf, hockte sich auf einen Felsen und quakte erleichtert.

»Schon gut, kleiner Freund«, murmelte Hamlet. »Du bist gerettet!«

»Jetzt würde ich aber gern nach Hause«, meinte Tulpe erschöpft. »Für heute reicht es mir mit Abenteuern!«

»In der Tat«, stimmte Ampel ihr zu und kletterte auf den nächstbesten Felsen, der nicht allzu rutschig war, um nicht mehr im kalten Wasser stehen zu müssen.

Jetzt erst hatten sie Zeit, sich umzusehen. Die Höhle hatte nur einen Ausgang, und den hatten sie gerade mit einem Felsbrocken verschlossen. Doch seltsamerweise lag der inzwischen zur Hälfte unter Wasser.

»Caramba!«, quakte der kleine Frosch erschrocken.

In diesem Moment begriff Hamlet, was der Frosch meinte. Der breite Strom Regenwasser floss noch immer von der Decke in die Höhle. Doch anstatt durch das Loch, durch das die Tiere in die Höhle gekommen waren, abzulaufen, staute es sich nun zu ihren Füßen und stieg.

»Oh nein!« Hamlet hätte sich beißen können. »Wir haben uns eingesperrt! Der Felsen muss sofort wieder weg da!«

Aber so sehr sie sich auch bemühten, der Felsbrocken stand schon so tief unter Wasser, dass sie keinen Halt mehr fanden, um dagegenzudrücken. Sie rutschten immer wieder ab. Und schließlich war der Felsbrocken komplett versunken. Tulpe hatte schon längst den Boden unter den Pfoten verloren, und auch Hamlet begann zu schwimmen.

»Das Wasser steigt immer weiter!«, rief Ampel ängstlich. »Wir sitzen in der Falle!« Das Chamäleon zitterte bereits vor Kälte. Die Einzigen, denen das Schwimmen nichts ausmachte, waren Oskar und Caramba. Immer wieder tauchten sie ab und suchten unter Wasser nach Ritzen und Spalten, durch die sie vielleicht entkommen konnten. Aber da war nichts.

»Ich muss mich an dir festhalten, Hamlet«, japste Ampel. »Ich kann nicht mehr!«

»Ja, komm, alter Freund!«, sagte Hamlet, und Ampel kletterte ihm auf den Rücken.

»Wir haben uns gegen die Kraft des Wassers gestellt«, sagte Hamlet leise. Rafinas Warnung war ihm in den Sinn gekommen.

»Ach, Hamlet, ich wäre so gerne mit dir auf dem Schiff gefahren. Weißt du, der Platz da unten am See ist ideal. Die

Höhle ist hoch genug, der See ist ruhig. Wir wissen noch nicht, wohin der Fluss dahinter führt, aber er ist breit und sieht aus, als würde er ein Schiff tragen.« Das Chamäleon schloss die Augen.

»Oskar?«, rief Tulpe, die sich jetzt auch an Hamlet klammerte. »Wo bist du? Caramba? Kommt zu uns!«

»Hier bin ich!«, rief Oskar. »Aber Leute, was ist das da für ein blaues Licht?«

»Blaues Licht?« Ampel öffnete langsam ein Auge. »Du siehst bestimmt Caramba.«

»Caramba?«, rief der Frosch plötzlich. Er saß direkt vor Ampels Nase zwischen Hamlets Ohren.

»Nein«, sagte Oskar. »Ich meine da oben. Seht ihr das nicht, dieses kleine blaue Licht!?«

Ampel drehte müde das andere Auge in die Höhe. Dann riss er es weit auf. »Licht!«, schrie er. »Da ist Licht!«

Jetzt sah auch Hamlet es: ein kleiner, leuchtender, blauer Fleck über ihren Köpfen. Doch dann sah er noch etwas. Das Licht war von einem Gitter versperrt. Ein viereckiges, von Menschen gemachtes schweres Eisengitter. »Oh nein! Es ist eine Öffnung, aber sie ist verschlossen.«

»Das ist eine Art Gully«, rief Oskar. »Solche Gitter sind über Gullys. Vielleicht ist da oben schon die Stadt. Vielleicht hört uns jemand, wenn wir alle rufen!«

»Wer denn? Menschen etwa? Wenn wir um Hilfe rufen und Menschen uns hören, dann laufen sie eher weg als uns zu retten.«

Das Wasser stieg jetzt immer schneller. Schon bald war das Gitter so nahe, dass Ampel es bereits mit der Zunge berühren konnte, wenn er sie auf Hamlets Kopf ganz rausstreckte.

»So langsam muss uns aber was einfallen«, fiepte Tulpe ängstlich. »Hier wird es immer enger, und nur da oben gibt es genug Luft zum Atmen. Und da will ich hin!«

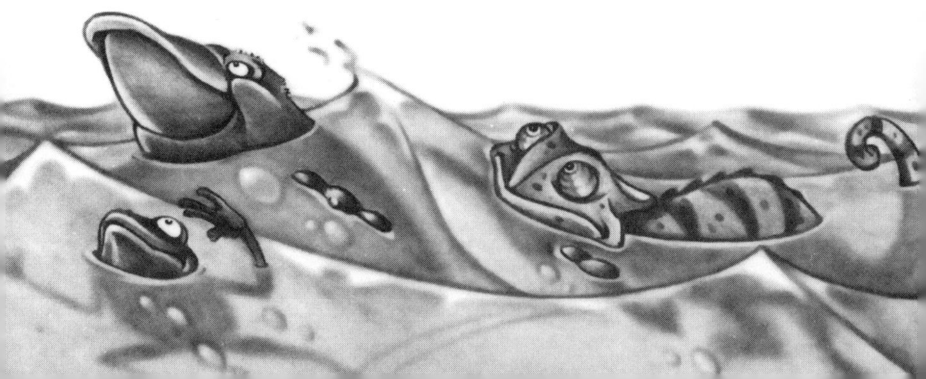

14. Kapitel

Während Tulpe und ihre Freunde darum kämpften, sich aus dem Wasser zu befreien, ging Barnabas seinen Plan durch, wie er das Modellschiff ins Paradies bringen konnte. Er hockte auf dem Dach der Fabrik, sah erst zum Wasserturm, dann zu dem alten Kran und wieder zum Wasserturm.

Von unten beobachteten ihn Shiva, Kaka, Du und Spy, die auf dem Rücken der Pantherdame saßen. »Bist du sicher, dass das eine gute Idee ist?«, rief Shiva zweifelnd.

»Das ist sogar die allerbeste Idee!«, rief Barnabas hinunter. Und dann sprang er auch schon mit einem Riesensatz auf den Kran. Der war alt und rostig und fing an, bedrohlich zu knarren und zu knacken. Aber genau das schien der Plan des Gorillas gewesen zu sein. Er hielt sich an dem Stahlgestänge fest und fing an zu schaukeln. Der Kran wankte und wackelte immer mehr. Und dann kippte er um.

Mit einem schrecklichen Knirschen stürzte der Kran auf den Wasserturm und brachte die Stelzen zum Einstürzen.

Der Wassertank fiel zehn Meter in die Tiefe, krachte laut auf den Boden und zersprang. Ungeheure Wassermassen strömten daraus hervor. »Wasser!«, fauchte Shiva, und ihr Fell sträubte sich vor Panik.

Barnabas sprang von dem, was vom Kran übrig geblieben war, herunter, stürzte sich in die Fluten und wurde vom Wasser mitgerissen.

Da erreichte die Welle auch schon das Schiff. In letzter Sekunde sprang Shiva auf das Modell, die Vögel flatterten erschrocken auf. Das Schiff mitsamt Shiva wurde vom Wasser emporgehoben, und die große Welle schwemmte es vor sich her. Die Pantherdame fauchte und machte einen Buckel, sorgsam darauf bedacht, nicht vom Schiff zu fallen. Barnabas hingegen fand das alles großartig.

»Super!«, jubelte er, während er versuchte, das Schiff halb schwimmend, halb springend einzuholen. »Ich habe doch gesagt, das ist die allerbeste Idee!«

»Das ist totaler Wahnsinn!«, jaulte Shiva.

Das Schiff wurde vom Fabrikgelände auf die Straße gespült. Und bei dem Wetter war kein Mensch unterwegs. Dafür gab es ein anderes Problem: Das Modell steuerte geradewegs auf eine Mauer gegenüber der Straße zu. Shiva versuchte, es zu steuern, indem sie ihr Gewicht auf eine Seite verlagerte. Aber dadurch brachte sie das Schiff bloß beinahe zum Kentern. An seiner Fahrtrichtung änderte das gar nichts. »Was jetzt?«, rief sie in heller Panik.

Plötzlich schossen Kaka und Du heran. Sie setzten sich auf den obersten Quermast, spreizten die Flügel und fingen wild an zu flattern. Langsam drehte das Schiff in die richtige Richtung. Und schließlich war der Kurswechsel geschafft. Jetzt ging es geradeaus die Straße hinunter.

Barnabas holte das Schiff endlich ein. Am liebsten hätte er sich auch draufgesetzt, aber schon Shiva fand kaum Platz

auf dem Modell. Der Gorilla hätte es wahrscheinlich kaputtgemacht. Also beließ er es dabei, vor, neben und hinter dem Schiff durch das tiefe Wasser zu springen und dem Modell immer mal wieder einen kleinen Schubs zu geben, damit es schneller ging. Bei jedem Schubs fauchte Shiva entsetzt auf.

Spy tauchte vor ihnen auf. »Ihr legt euch wirklich toll ins Zeug! Ich flieg voraus und führe euch. So schaffen wir 'ne Riesenstrecke, da vorne müsst ihr um die Ecke!«

Immer, wenn Spy eine neue Richtung angab, fingen Kaka und Du an zu flattern und drehten das Schiff. Mit dem kleinen Kolibri als Führer hatten sie keine Angst, in die falsche Richtung zu steuern. Niemand kannte sich in der Stadt besser aus als er.

Barnabas freute sich schon auf Hamlets Gesicht, wenn er das Schiff sah. Ob er und die anderen wohl schon zurück waren von ihrer Expedition?

Im gleichen Moment saß Ludwig, der Pavian, im Paradies auf der Treppe, auf der normalerweise Shiva schlief, und lauschte dem Rauschen des Wassers. Oben in der Stadt musste es gewaltig schütten, denn inzwischen war der alte U-Bahn-Tunnel schon so überschwemmt, dass man die Schienen nicht mehr sehen konnte. Es plätscherte und gluckerte auch in den Höhlen hinter den Wänden und unter dem Fußboden.

Ludwig war allein im Paradies. Na ja, nicht ganz. Bei ihm waren noch Roswitha, die Riesenschildkröte, und die beiden Ziegen, die nie etwas sagten.

Ludwig knurrte verstimmt. Was die anderen im Moment machten, war viel zu gefährlich. Wahrscheinlich gab es diesen unterirdischen Fluss überhaupt nicht. Und als Du angeflogen kam und berichtet hatte, dass Spy in Gefahr war, waren ihm Barnabas und Shiva sofort hinterhergelaufen. Ludwig hatte kurz überlegt, ob er ihnen nicht folgen sollte. Der kleine Spy tat ihm irgendwie leid. Aber es war alles so schnell gegangen. Außerdem wollten ihn die anderen wahrscheinlich sowieso nicht dabeihaben. Sie mochten ihn nicht. Vielleicht hatten sie ihn noch nie gemocht. Aber ganz sicher mochten sie ihn nicht mehr, seit Hamlet aufgetaucht war. Und das nur, weil Ludwig meistens anderer Meinung war als der Wolf. Was Hamlet sagte, fanden alle toll. Was Ludwig sagte, fanden alle blöd. Das war ziemlich fies und gemein.

Na gut, dann sollten sie doch zusehen, wie sie zurechtkamen.

Ludwig war so tief in düstere Gedanken versunken, dass er das Rufen und Fiepen erst wahrnahm, als sogar Roswitha davon aufwachte. Die Riesenschildkröte streckte langsam ihren Kopf aus dem Panzer, blickte sich irritiert um und sagte: »Ruft da nicht jemand um Hilfe?«

Ludwig horchte. Tatsächlich! Von irgendwoher kamen Stimmen. Er sprang von der Treppe. Die Stimmen kamen näher. Aber durch das immerwährende Rauschen des Wassers waren sie kaum zu verstehen.

Plötzlich waren die Stimmen direkt unter ihm. Das konnte ja gar nicht sein, oder?

Ludwig blickte nach unten. Er stand auf einem Metallgitter. Darunter sprudelte das Regenwasser. Und mitten in den kalten Fluten paddelten japsend Hamlet, Tulpe, Oskar, Ampel und Caramba, nur eine Affenarmlänge von ihm entfernt. Ampel war schon ganz blau gefroren, und auch Hamlet und Tulpe schienen am Ende ihrer Kräfte.

»Ludwig!«, quiekte Tulpe plötzlich, als sie ihn entdeckt hatte. »Du hast uns gehört, dem großen Stinktier sei Dank!«

»Ludwig!«, rief jetzt auch Hamlet. »Kannst du das Gitter wegnehmen?«

»Aber wie kommt ihr denn überhaupt da rein?«, fragte Ludwig und beobachtete fasziniert, wie die Gesichter der anderen immer näher kamen, während das Wasser stieg.

»Das ist doch egal!«, rief Hamlet. »Du musst uns helfen!«

Ludwig blickte sich um. Die beiden Ziegen hatten noch gar nichts mitbekommen. Und Roswitha war zwar auf dem Weg zu ihm, aber bei ihrem Tempo würde sie noch fünf Minuten brauchen, bevor sie das Gitter erreichte.

»Hey, Ludwig!«, herrschte Tulpe ihn an.

Der Pavian krallte seine Finger in das Gitternetz und zog. Nichts rührte sich. »Das klappt nicht!«

»Du sitzt ja auch drauf!«, knurrte Hamlet wütend. »Du musst erst von dem Gitter runtergehen und es dann noch mal versuchen, du blöder Affe!«

Ludwig zuckte zusammen. Was glaubte Hamlet eigentlich, wer er war. Und doch trat er zur Seite und versuchte es noch mal. Das Gitter rührte sich immer noch nicht.

»Streng dich mehr an!«, rief Hamlet.

Ja, das konnte Ludwig vielleicht versuchen. Auch wenn er Hamlet nicht mochte, musste er ihn ja nicht gleich ertrinken lassen. Schließlich sorgte der Wolf auch dafür, dass es jetzt immer was Gutes zu Essen gab. Ludwig schnaubte. Doch plötzlich wurde er von einem lauten Brausen und einem donnernden Lachen abgelenkt. Er wandte sich um. Hinter ihm rauschte ein Schiff durch den überfluteten U-Bahn-Tunnel in das Paradies. Darauf saßen Shiva, Kaka und Du. Und Barnabas sprang hinter ihnen her und lachte vor Freude.

15. Kapitel

»He, Ludwig, Roswitha, guckt mal, guckt mal, was wir gefunden haben!«, rief Barnabas und sprang pitschnass aus dem Graben. »Ein richtiges Schiff! Und wir sind damit durch die ganze Stadt gefahren! Also, das war vielleicht spannend, weil da war nämlich Müller, und der wollte Spy mit in den Zoo nehmen, aber dann hat Kaka so getan, als wäre sie sein Spazierstock, und Müller, der Doofe, hat's auch noch geglaubt, voll dämlich, oder? Sagt mal, warum guckt ihr denn so komisch?«

»Da hat jemand um Hilfe gerufen«, sagte Roswitha.

Kaka und Du flogen auf und drehten eine Runde durch das Paradies. Plötzlich krächzte Du: »Da unten sind Hamlet, Tulpe und die anderen! Oh je, wir müssen ihnen helfen, schnell!«

»Geht aber nicht, ich hab schon alles versucht«, meinte Ludwig.

Mit einem Satz war Barnabas bei dem Gitter und spähte

hinab. Seine Freunde waren jetzt nur noch ein winziges Stück vom Gitter entfernt. Der Platz reichte gerade aus, um zu atmen. »Hammi! Aber was machst du denn da?«

»Barni! Schnell, reiß das Gitter raus!«

Das ließ der Gorilla sich nicht zweimal sagen. Er griff in das Metall und zog mit aller Kraft. Das Gitter bog sich nach oben, aber es blieb fest im Boden verankert. »Ich schaffe es nicht!«, rief Barnabas verzweifelt.

In diesem Moment erreichte das Wasser die Gitterstäbe, quoll zwischen ihnen hervor und floss über den Paradiesplatz. Die Köpfe seiner Freunde waren unter Wasser.

»Sie ertrinken!«, fauchte Shiva, die inzwischen neben Barnabas stand, mit vor Angst und Schrecken gesträubtem Fell. »Wir müssen etwas unternehmen!«

Barnabas sah sich um. Er musste Hamlet retten, egal wie! Da hatte er eine Idee. Der Gorilla sprang mit einem Riesensatz in den Graben und verschwand unter Wasser. Zwei Herzschläge später schnellte er in einer Fontäne wieder heraus, in seinen mächtigen Pranken eine U-Bahn-Schiene, die er aus dem Boden gerissen hatte. Er steckte das eine Ende in das Gitter, hängte sich ans andere Ende und zog daran, so kräftig er nur konnte. »Helft mir!«, ächzte er.

Shiva sprang sofort mit ihrem ganzen Gewicht auf die

Schiene. Ludwig zögerte, aber nur einen Augenblick lang. Als ihn Shivas funkelnder Blick traf, eilte auch er Barnabas zur Hilfe und hängte sich neben dem Gorilla an die Schiene.

Barnabas zog wieder mit aller Macht.

Im nächsten Moment gab es einen Ruck, und das Metallgitter brach aus dem Boden und flog in hohem Bogen durch das Paradies, bevor es

scheppernd und krachend hinter Shivas Treppe landete. Dann spülte ein gewaltiger Schwall Wasser Hamlet, Tulpe, Oskar, Ampel und Caramba ins Paradies. Hustend und keuchend blieben sie erschöpft liegen, außer Oskar und Caramba, die aufgeregt herumwuselten und ihren Freunden zu helfen versuchten.

»Hammi!«, rief Barnabas besorgt. »Was machst du denn für Sachen? Ich wusste ja, das kann nicht gutgehen, wenn ich dich allein da runtergehen lasse. Hammi? Sag doch was!«

»Danke, Barni«, japste Hamlet entkräftet. »Mir geht's gut, aber kümmere dich um Ampel. Er braucht Wärme!«

Sofort griff Barnabas nach dem Chamäleon und setzte ihn vorsichtig auf eines der Heizungsrohre, die an den Wänden des Paradiesplatzes verliefen.

Da rief Oskar plötzlich: »Ja, gibt's denn das? Träume ich etwa? Da schwimmt ja ein Schiff! Ein richtiges Schiff! Mitten im Paradies! Das muss ein Wunder sein!«

Doch bevor Barnabas, Shiva, Kaka und Du erklären konnten, woher dieses Schiff kam, schoss plötzlich ein kleiner, smaragdgrüner Fleck in das Paradies. »Wie sieht's denn hier aus? So viel Wasser! Das wird ja wirklich immer krasser! Umso mehr wird es euch freuen – vor allem jene, die Wasser scheuen – es hat zu regnen aufgehört! Was ganz bestimmt

hier keinen stört. Jetzt fließt es langsam ab, welch Wonne!
Die Wolken geh'n, es kommt die Sonne!«

Spy behielt recht. Das Unwetter war vorbei, und nach und nach verschwand das Wasser aus der Stadt und auch aus dem Paradies. Aus dem U-Bahn-Tunnel floss es wieder ab, und auch das Loch im Boden, wo das Gitter gewesen war, nahm wieder Wasser auf, anstatt es auszuspucken. Irgendwann war es so weit gesunken, dass man es von oben nicht mehr sehen konnte.

Auch Ampel erholte sich bald. Als das Paradies schließlich von jeder Pfütze befreit und jedes Fell getrocknet war, beriefen die Tiere eine Versammlung ein. Inzwischen hatten sich natürlich alle gegenseitig von ihren Abenteuern erzählt. Die Aufregung und Freude, die jetzt alle verspürten, ließ beinahe die Luft knistern.

Hamlet erklomm die Treppe, die ins Nichts führte, und wandte sich dem Wilden Pack zu: »Jetzt haben wir ein wunderbares Schiff, das wir als Vorlage benutzen können, um ein großes Schiff zu bauen!«, rief er. Alle drehten sich um und bewunderten ein weiteres Mal ehrfürchtig das Modellschiff, das auf der Holzbank thronte. Ampel hatte schon angefangen, es sehr genau zu studieren und gedanklich in seine Einzelteile zu zerlegen. Auf dem Boden neben der Bank waren bereits einige Bauzeichnungen zu sehen, die er mithilfe seines Greifschwanzes und einem Stück Malstein angefertigt hatte. »Und wir haben den unterirdischen Fluss gefunden, in einer riesigen, phantastischen Höhle, in der genug Platz ist für unser Schiff! Bestimmt erwarten uns noch viele Schwierigkeiten. Aber wenn wir alle zusammenhalten, dann werden wir auch die bewältigen!«

Im Paradies brach Jubel aus. Alle hatten die größte Lust, diesen wundervollen unterirdischen Fluss zu besichtigen und mit dem Bauen anzufangen. Und so zogen die Tiere in das Labyrinth, vor dem sie plötzlich gar keine Angst mehr hatten. Hamlet und Barnabas folgten als Letzte.

»Das war ja aufregend, was, Hammi?«, sagte Barnabas.

»Das kannst du laut sagen.«

Plötzlich schlängelte sich Rafina auf die beiden zu. Die Riesenschlange hatte die Versammlung belauscht, ohne dass es jemand mitbekommen hatte.

»Ihr habt den Flussss gefunden?«, zischte sie. »Sehr gut! Das nasse, grüne Land ist näher gekommen. Aber auf euch warten noch eine Menge Abenteuer. Glaubt mir: Ihr seid erst ganzzzz am Anfang!«

Das wilde Pack

lässt es krachen

1. Kapitel

Es war ein ganz normaler Tag auf der Baustelle. Zwischen den halbfertigen Mauern stapften Arbeiter in Gummistiefeln durch matschige Löcher. Sie sprangen über ausgehobene Gräben, balancierten über Holzbretter und kletterten im Gebälk eines Dachstuhls herum. Viele von ihnen trugen gelbe Helme auf dem Kopf und hatten dunkelblaue Latzhosen an, in denen Werkzeug steckte. Ihre Hände waren staubig.

Aber das war nicht alles. Neben den Arbeitern waren auch noch andere Menschen auf der Baustelle. Sie waren ganz normal gekleidet, so wie die Leute auf der Straße, und die meisten tranken eine prickelnde Flüssigkeit aus spitz zulaufenden Gläsern und kicherten dazu. Daneben wurden auf einem Grill Würstchen gebraten, und dann spielte da auch noch eine Musikkapelle. Die Menschen staunten und lachten, und das taten sie ja bekanntermaßen nicht oft. Immer wieder blickten sie zu einem mächtig großen Kranz aus Tannenzweigen, der über dem Dachstuhl des Hauses aufgehängt worden war, und an dem viele bunte Bänder im Wind flatterten. Vielleicht war es also doch kein ganz normaler Tag auf der Baustelle? Hamlet, Shiva und Tulpe waren sich da nicht ganz sicher.

»Was soll dieser große Kranz? Und warum haben sie ihn so bunt behängt und gucken so fröhlich? So kenne ich die Menschen gar nicht«, murmelte Hamlet, der Wolf.

Der Anführer des Wilden Packs hockte neben der Pantherdame Shiva und dem Stinktier Tulpe an der Dachkante eines hohen Mietshauses gegenüber der Baustelle und beobachtete das Treiben aufmerksam. Dabei steckte er den Kopf nur eben über den Rand des Dachs. Auf keinen Fall durften die Menschen sie bemerken.

Normalerweise verließen die Tiere das Paradies, eine verlassene U-Bahnstation, die ihnen als Geheimversteck diente, nur in der schützenden Dunkelheit der Nacht. Aber heute hatte der Übermut sie gepackt. Es war einer der letzten schönen Herbsttage nach einer langen Zeit des Regens. Alle hatten unbändige Lust verspürt, sich noch ein Mal ein paar warme Sonnenstrahlen aufs Fell brennen zu lassen, bevor der Winter kam. Und so waren sie aller Gefahr zum Trotz bei Tag auf die Dächer der Stadt geklettert.

Im Gegensatz zu Hamlet, Shiva und Tulpe hatte der Gorilla Barnabas schon nach wenigen Sekunden das Interesse an der Baustelle verloren. Aus einem sehr einfachen Grund: Barnabas wurde von schrecklichem Hunger geplagt. Sein Magen knurrte schon die ganze Zeit, und es wurde mit jeder Minute schlimmer. Ihm war ganz schwummrig zumute, und er hatte sich erschöpft gegen einen gemauerten Schornstein gesetzt und hielt sich den Bauch.

Noch weiter abseits saß Ludwig, der Pavian, und suchte sein Fell nach Läusen ab. Etwas piekte ihn. Vielleicht war es auch bloß ein Steinchen, das sich irgendwo verfangen hatte. Ludwig wollte eigentlich gar nicht hier sein. Er hatte sich überreden lassen mitzukommen. Die anderen brauchten ihn zum Tragen, schließlich war er das einzige Tier beim Wilden Pack neben Barnabas, das Hände hatte. Na, wenn es denn sein musste! Aber den Rest sollten sie mal schön alleine machen. Wie wollten sie überhaupt unbemerkt auf die Baustelle gelangen? Da waren schließlich jede Menge Menschen. Es war total blödsinnig, am helllichten Tag hierherzukommen.

Überhaupt war ja wohl der komplette Plan total blödsinnig. Die anderen Tiere hatten sich doch allen Ernstes in die Idee vernarrt, ein Schiff zu bauen! Ein richtiges, großes, funktionierendes Schiff, mit dem sie die Weltmeere besegeln und zurück in die Länder fahren wollten, aus denen jedes von ihnen stammte. Das Vorhaben war natürlich zum Scheitern verurteilt, das hatte Ludwig von Anfang an gesagt, aber die Wahrheit wollte ja niemand hören. Jetzt waren sie hier, um von der Baustelle etwas Holz für das Schiff zu stibitzen. Als ob es damit getan wäre!

»Also, ich weiß ja, dass du gerade andere Sachen zu tun hast, Hammi«, meldete sich Barnabas hinter dem Schornstein zu Wort, »aber wenn ich nicht bald was zu essen kriege, dann kippe ich um.«

»Wir wollen ja bloß einen Holzbalken holen, dann sind wir wieder weg«, erwiderte Hamlet, ohne seinen Blick von der Baustelle zu wenden. »Seht ihr den Betonmischer dort? Dahinter liegt ein Haufen Holz. Wäre da nichts dabei?«

»Ich weiß nicht«, schnurrte Shiva. »Sind diese Bretter denn lang genug? Ampel hat gesagt, der Kiel muss das ganze Schiff tragen, und wir sollen nach einem langen und dicken Balken suchen.«

Ampel, das Chamäleon, war vom Wilden Pack zum Baumeister des Schiffs ernannt worden. Er war nachdenklich und klug und hatte das Modellschiff, das sie einem Schiffsbauer gestohlen hatten, sorgfältig in seine Einzelteile zerlegt und untersucht. Jetzt wusste er, wie man ein Schiff baute.

»Tja.« Hamlet hatte keine Ahnung, ob das Holz Ampels Ansprüchen genügen würde. »Was meint ihr denn?«

»Mich musst du nicht fragen«, fiepte Tulpe. »Ich habe noch nie ein Schiff gebaut.«

»Barni, was sagst du?«, rief Hamlet. »Ist in dem Holzhaufen da unten was Brauchbares dabei?«

Aber der Gorilla hatte gar nicht richtig zugehört. Statt einer Antwort ertönte ein lautes Magenknurren hinter dem Schornstein. »Entschuldige, Hammi! Ich kann dir jetzt nicht helfen. Ich muss einfach dringend was essen, sonst kann ich nicht denken. Vorhin dachte ich, ich schaffe es ohne Futter. Aber jetzt macht der Hunger mich fertig. Und einen Balken kann ich so auch nicht tragen. Da breche ich zusammen!«

Hamlet schnaubte. Barnabas war ein wirklich herzensguter Kerl. Und sein bester Freund dazu. Aber wenn er Hunger hatte, konnte er einem ganz schön auf die Nerven gehen. Widerwillig stimmte er zu. »Also schön, dann such dir was! Aber sei vorsichtig! Man darf dich nicht sehen! Einen Gorilla mitten in der Stadt mögen die Menschen gar nicht.«

»Klar, Hammi, ich pass schon auf!«

»Soll einer von uns mitkommen?«

»Nee, geht schon.«

»Bring uns aber auch was mit!«, rief Ludwig und hörte sofort auf, sich zu lausen.

Doch das hatte Barnabas schon nicht mehr gehört. Mit

großen Sprüngen eilte er über das lange, flache Dach des Mietshauses. Am anderen Ende angelangt, schaute er in die Straßenschlucht hinunter.

Da schoben sich Autos aneinander vorbei. Und Kinder mit großen Taschen auf dem Rücken liefen fröhlich hüpfend nach Hause. Eines von ihnen hatte eine Tüte Gummibärchen dabei und schob sich eine Hand voll davon in den Mund. Barnabas hätte natürlich sofort runterklettern und dem Kind die Gummibärchen entreißen können. Aber erstens mochte er Menschenkinder und wollte sie nicht erschrecken. Und zweitens würde er von einer Tüte Gummibärchen kein bisschen satt werden. Sonst konnte er nichts Essbares entdecken.

Barnabas nahm Anlauf und sprang über die Straße hinweg auf das nächste Dach. Und von dort aus auf das übernächste. Und das überübernächste. Vor lauter Hunger hatte er gar keine richtige Lust auf die Springerei, dabei war das sonst immer sein größter Spaß.

Plötzlich hielt der Gorilla inne. Ein merkwürdiger Geruch stieg ihm in die Nase. Ein sehr vertrauter Geruch, den er aber schon lange nicht mehr gerochen hatte. Seine Nase war nicht so fein wie Hamlets, aber sie reichte aus, um dem Duft folgen zu können. Barnabas überquerte noch ein paar Häuserblocks, und dann war ihm plötzlich klar, was die Ursache der Witterung war. Sie lag nämlich direkt vor ihm: Es war der Zoo.

Er breitete sich jenseits der Straße aus. Die vielen Bäume auf dem Zoogelände hatten schon zur Hälfte ihre braunen und goldenen Blätter abgeworfen. Barnabas sog die Luft ein, die zugleich nach Wildnis und nach Gefangenschaft roch. Er verspürte ein ganz kleines bisschen Heimweh, aber auch Angst, und mit einem Mal wurde ihm ganz schwer ums Herz.

Er selbst hatte die meiste Zeit seines Lebens in diesem Zoo verbracht. Als junger Gorilla war er von Zoodirektor Müller aus seiner Heimat im Urwald entführt und hierhergebracht worden. Im Zoo hatte er dann Hamlet kennengelernt, der in dem Gehege neben ihm gefangen gewesen war. Barnabas hatte sich schon damit abgefunden, den Rest seines Lebens im Zoo zu verbringen. Aber dann war ihnen die Flucht gelungen, und sie hatten das Wilde Pack gefunden. Und seitdem war alles anders und auf jeden Fall viel besser. Beim Wilden Pack herrschte zwar manchmal ein ganz schönes Chaos, aber Barnabas fand Chaos irgendwie gut.

Ein vielstimmiges Rufen hallte zu ihm herüber. Der Gorilla erkannte die Stimmen sofort: Es waren die Seehunde, die

auf ihr Futter warteten und wahrscheinlich gerade den Pfleger mit seinem Eimer voller Fisch näher kommen sahen. Früher hatte er das Rufen der Seehunde jeden Tag gehört.

»Guten Morgen, Barnabas!«, piepste plötzlich ein helles Stimmchen neben ihm. »Du siehst nicht aus, als hätt'st du Spaß.«

»Spy!«, begrüßte Barnabas den winzigen, smaragdgrünen Kolibri, der immer dann auftauchte, wenn man am wenigsten mit ihm rechnete. Spy gehörte auch zum Wilden Pack, obwohl er sich die meiste Zeit unter freiem Himmel aufhielt. Er hasste geschlossene Räume. »Ja. Ich habe Hunger. Richtig doll.«

»Und weshalb bist du hier am Zoo? Hat das 'nen Grund, oder einfach nur so?«

»Ach, das ist Zufall. Ich bin einfach der Nase nach. Und jetzt sitze ich hier und habe ein ganz komisches Gefühl im Bauch, und das ist nicht bloß der Hunger, glaube ich.« Wieder heulten unten die Seehunde. »Weißt du, Hamlet und ich sind ja aus dem Zoo entkommen. Aber ich frage mich: Was ist mit all den anderen Tieren? Sie kriegen zwar regelmäßig was zu fressen, aber davon abgesehen ...«

Der Kolibri hockte sich auf die Schulter des Gorillas, wo er in seinem dichten Fell fast unterging. »Ich weiß genau, was du meinst. Ich lebte auch im Käfig einst.« Bewegt von der düsteren Erinnerung ließ Spy die Flügel hängen.

Barnabas sah auf die Gehege. Weit hinten war die Elefantendame Susanna, die letztes Jahr ihr Baby bekommen hatte. Nicht weit von ihr hatte sich Tomtom der Eisbär in seiner künstlichen Felsenlandschaft verkrochen. Dahinter ragten die gescheckten Köpfe der Giraffen auf.

»Ist es nicht gemein, wenn wir unser Schiff bauen und abhauen, während die anderen Tiere für immer im Zoo bleiben müssen?«

»Ja«, piepste Spy, »das ist gemein. Aber wie soll es anders sein? Sie sind gefangen an diesem Ort. Niemand bringt sie von hier fort. Selbst wenn man sie befreien würde, käme gleich die nächste Hürde. Das Schiff, das wir bauen, ist viel zu klein. Niemals passen da alle hinein!«

Barnabas nickte schwermütig. »Man müsste wirklich ein richtig doll großes Schiff bauen, um alle darin unterzubringen. Aber das ist wohl unmöglich.« Er seufzte. »Ob ich vielleicht mal runterklettere und Hallo sage? Damit sie wenigstens wissen, dass es Hamlet und mir gutgeht?«

»Bist du dir sicher, Barnabas? Dagegen spricht so dies und das«, zwitscherte Spy nervös. »Denk doch an Müller, den Feind aller Tiere. Der steht bestimmt da unten Schmiere!«

Barnabas wollte schon auf den Kolibri hören. Doch da tauchte zwischen den Gehegen ein Wärter mit einer Schubkarre auf. Genauer gesagt, mit einer Schubkarre voller Salatköpfe, Gurken, Bananenstauden und einem riesigen Haufen Äpfel und Orangen. Und der Wärter, der den Wagen schob, war Knut. Der einzige Mensch, zu dem Barnabas ein leichtes Vertrauen verspürte. Ohne weiter auf Spys gezwitscherte Einwände zu achten, schwang sich der Gorilla über die Dachkante und kletterte in Windeseile hinunter.

2. Kapitel

Der Zoo war von einem hohen Zaun umgeben. Der Eingang für die Menschen lag auf der anderen Seite, aber den wollte Barnabas sowieso nicht nehmen. Er kletterte einfach über den Zaun, und schon war er drinnen. Hier gab es genügend Bäume und Sträucher, hinter denen er sich verstecken konnte. Direkt vor ihm lag das Gehege des Eisbären. Tomtom döste im Schatten eines künstlichen Felsens. Barnabas hielt inne. Wenn er schon mal hier war, konnte er unmöglich einfach an Tomtom vorbeigehen.

Der Gorilla versicherte sich, dass kein Besucher in der Nähe war, dann schob er zwei Büsche beiseite und lugte hervor.

»He!«, rief Barnabas. »Tomtom!«

Der große Eisbär öffnete träge ein Auge. Das Eisbärgehege war von einem unüberwindlich breiten und tiefen Graben umgeben, und normalerweise riefen die Menschen Tomtoms Namen und grinsten und winkten und machten alberne Gesichter, wenn sie nicht mit Feuerzeugen oder anderem Müll nach ihm warfen. Doch als der Eisbär den Gorilla erkannte, war er plötzlich hellwach. Er sprang auf seine vier mächtigen Pfoten und rannte mit so lautem Brüllen zum Rand des Grabens, dass sein weißgelbes Fell bebte. »Barnabas! Was machst du hier? Du bist doch abgehauen!«

»Ja, bin ich auch«, sagte Barnabas. »Zusammen mit Hamlet. Wir sind beim Wilden Pack gelandet.«

»Das Wilde Pack!«, rief Tomtom ehrfürchtig. »Dann ist es also doch keine Legende?«

»Doch, schon. Aber eine, die wahr ist!«

»Barnabas, das ist bärenstark«, freute sich Tomtom. »Wir dachten alle, Müller hätte euch erledigt. Seitdem ihr beide weg seid, ist er richtig durchgeknallt. Er dreht jetzt ständig seine Runden zwischen den Gehegen. Immer mit diesem schrecklichen Stock in der Hand.«

»Ich weiß«, brummte Barnabas. »Zwei Schritte, ein Klick. Und das ist kein harmloser Stock. In dem Ding hat er ein Betäubungsgewehr versteckt.«

»Was für ein Monster!« Tomtom hob seine große Schnauze und stieß ein markerschütterndes Brüllen aus. »Die Menschen denken alle, er würde sich um die Tiere kümmern, wenn er hier rumschleicht. Aber in Wahrheit hat er Angst, dass noch einer von uns ausbricht. Er bastelt an allen möglichen Sicherheitsvorkehrungen. Ach, Barnabas, ihr habt echt Glück, dass ihr nicht mehr in den Käfigen sitzen müsst!«

»Ich weiß«, sagte Barnabas. Und trotzdem sah er traurig aus.

»Sei froh, dass du abhauen konntest«, meinte Tomtom.

»Viele haben Angst, dass Müller einen von uns ... du weißt schon ... zu einem Pelzmantel verarbeiten will. Für seine Tochter.«

»Oh je«, murmelte Barnabas. »Das klingt nicht gut. Weißt du, ich frage mich schon die ganze Zeit, ob wir euch alle nicht auch ...«

Weiter kam er nicht. Tomtom spitzte plötzlich aufgeregt die Ohren. »Hau ab! Da kommt jemand!«

Aber Barnabas schaffte es nicht mehr. Auf dem Weg hinter ihm rumpelte es, und dann kam Knut, der Tierpfleger, mit seiner Karre voller Futter um die Ecke. Als er den Gorilla sah, blieb er wie angewurzelt stehen. »Barnabas?«

Barnabas blieb ruhig. Knut würde ihm nichts tun. Hoffte er zumindest.

»Hau ab, Barnabas!«, drängte Tomtom.

»Ja, gleich«, gab Barnabas zurück. »Ich muss nur erst, na ja, ich hab echt Hunger.« Langsam ließ er sich auf alle viere nieder und schwang sich dann auf Knut und seine Schubkarre zu.

»Barnabas?«, wiederholte Knut, immer noch wie erstarrt. »Bist du es wirklich?«

Das Gesicht des Gorillas war jetzt ganz dicht vor seinem.

Knut streckte langsam die Hand aus und fuhr dem Affen

durchs Fell. »Barnabas! Jetzt erkenne ich dich. Dass du am Leben bist! Wie hast du das nur gemacht? Ach, wenn du mich nur verstehen könntest.«

»Ich verstehe dich doch!«, erwiderte Barnabas leise.

Aber Knut hörte nur ein Schnauben. Barnabas streckte die Hand aus, schnappte sich ein paar Salatköpfe aus Knuts Karren und schob sie sich in den Mund. Den ersten schluckte er beinahe am Stück herunter. Den zweiten auch. Erst bei Nummer drei fing er ein bisschen an zu kauen.

»Du bist ja ganz ausgehungert!«, flüsterte Knut. »Iss nur, mein Guter. Iss, so viel du kannst. Es muss dir ja schlecht gehen, ohne das Futter im Zoo. Meine Güte, wo steckst du nur? Wie schaffst du es überhaupt, alleine in der Stadt zu überleben?«

Aber Barnabas antwortete nicht. Stattdessen verdrückte er schnell einen Berg Äpfel, ehe er sich über eine halbe Bananenstaude hermachte. Als er sich gerade die zweite Hälfte einverleiben wollte, ertönte plötzlich ein spitzer Schrei hinter ihm. Er war so schrill, dass er in den Ohren weh tat. Barnabas hörte auf zu kauen und drehte sich um.

Hinter ihm stand eine Zoobesucherin mit einem kleinen Kind an der Hand. Sie war leichenblass und starrte ihn aus Riesenaugen an.

»Großer Affe!«, rief das Kind begeistert, riss sich von seiner Mutter los und rannte auf Barnabas zu. Doch da erwachte die erstarrte Frau wieder zum Leben. Voller Panik schnappte sie sich das Kind, riss es hoch auf den Arm und fing wieder an zu schreien.

»Tomtom, ich glaube, ich verschwinde jetzt besser«, sagte Barnabas schnell.

»Und zwar plötzlich!«, stimmte Tomtom zu. »Ich wünsche dir Glück, Barnabas! Vergiss uns nicht!«

»Niemals!« Barnabas sah zu Knut, der sich jetzt panisch nach allen Seiten umdrehte und nicht wusste, was er machen sollte. Der Gorilla griff noch einmal in die Karre und legte sich die zweite Hälfte der Bananenstaude über die Schulter. Dann sprang er mit einem Satz in das Gebüsch. Es raschelte und knackte, dann war der Riesenaffe verschwunden.

»Weggelaufen«, sagte das Kind enttäuscht.

Während Barnabas mit seiner Beute über die Balkone des nächsten Häuserblocks nach oben kletterte, saßen Hamlet, Shiva, Tulpe und Ludwig immer noch auf dem Dach und beobachteten das Treiben auf der Baustelle.

»Ich glaube, ich weiß, was die Menschen machen«, fiepte Tulpe plötzlich. »Die feiern!«

Shiva blickte sie verwirrt aus ihren bernsteinfarbenen Augen an. »Ich dachte, die bauen ein Haus?«

»Ja, auch. Aber jetzt gerade feiern sie eine Party. Sie trinken und essen und hören Musik. Das machen sie immer so bei Partys. Und dieser Kranz da oben, das ist ihr Zeichen für eine Party. Manchmal stellen sie sogar ganze Bäume auf und schmücken sie mit Lichtern oder bunten Kugeln. Das ist eine Party, ganz sicher. Ich kenne mich da aus.«

Ludwig ließ ein lautes Schnauben vernehmen. »Na und? Habt ihr's jetzt bald? Oder wollen wir den ganzen Tag hier oben herumsitzen?«

»Wir müssen auf Barnabas warten«, gab Hamlet ungeduldig zurück. »Sonst kommen wir nicht vom Dach runter.«

»Ach ja«, meinte Ludwig, »ihr seid ja zu blöd zum Klettern. Hatte ich ganz vergessen.«

Hamlet, Shiva und Tulpe warfen einander genervte Blicke zu, schwiegen aber. Sie hatten sich daran gewöhnt, dass Ludwig immer schlechte Laune hatte.

Zum Glück kam Barnabas in diesem Moment zurück. Er trug eine halbe Bananenstaude über der Schulter. »Hey, Leute!« Lustlos warf der Gorilla jedem eine Banane zu. Hamlet witterte sofort, dass mit seinem Freund etwas nicht stimmte. Barnabas wirkte besorgt. Was hatte er nur?

Shiva schnupperte an der Banane und schüttelte sich angewidert. »Nein, danke«, schnurrte sie. »Das ist nichts für mich.«

Sofort eilte Ludwig heran. »Dann kann ich die ja haben!« Ehe jemand protestieren konnte, hatte der Pavian sie schon verdrückt. Dann sah er Tulpe gierig beim Fressen zu. »Können wir jetzt endlich diesen nutzlosen Balken holen?«

»Der ist nicht nutzlos!«, rief Tulpe wütend. Wenn es um Ludwig ging, riss ihr am häufigsten der Geduldsfaden. »Der ist für unser Freiheitsschiff!«

»Das leider niemals gebaut werden wird«, stänkerte der Pavian.

»Wird es wohl!« Tulpe streckte ihm die Zunge raus und drehte sich weg.

»Ja, holen wir den Balken«, meinte Barnabas müde.

Jetzt war Hamlet ganz sicher: Mit seinem Freund stimmte etwas nicht. Normalerweise freute sich Barni wie ein Affenkönig, wenn sie etwas fellsträubend Gefährliches vorhatten. Aber heute schien es ihm ganz egal zu sein. Was war nur mit ihm los? Am knurrenden Magen konnte es jetzt nicht mehr liegen.

Hamlet wollte ihn eben fragen, als der Gorilla sich hinhockte, damit Tulpe auf seine Schulter klettern konnte. Sofort krallte sich Shiva in seinem Rückenfell fest, und Hamlet wurde einfach unter den Arm geklemmt. Und schon kletterte Barnabas mit ihnen an der Fassade des Hauses hinunter. Ludwig konnte selbst gut genug klettern. Er brauchte keine Hilfe.

Mit ein paar großen Sprüngen des Gorillas näherten sie sich der Baustelle. Unten angekommen, verkrochen sich die Tiere schnell hinter einem großen Haufen Steine, der weit genug von den feiernden Menschen entfernt lag. Von hier aus hatten sie den Holzstapel, aus dem sie sich bedienen wollten, gut im Blick. Aber sie mussten einen Moment abwarten, in dem niemand in ihre Richtung sah.

Ein leichter Wind wehte die Musik der Kapelle herüber. Dann hielt ein Mann eine Rede.

Tulpe lugte über den Steinhaufen. »Die Menschen hören gerade alle diesem einen Typen zu. Keiner guckt hier rüber.«

Hamlet wandte sich an Barnabas: »Wenn du jetzt losrennst und dir den größten Holzbalken schnappst, bemerken sie dich nicht.«

»Hm«, brummte Barnabas, und es war nicht ganz klar, ob das ein Ja-Hm oder ein Nein-Hm oder ein Egal-Hm war. Und dann platzte es plötzlich aus ihm heraus. »Ich war im Zoo!«

Jetzt dämmerte es Hamlet, was mit seinem Freund nicht stimmte. »Und?«

»Und ich habe Tomtom getroffen. Und ... und ...« Barnabas verstummte.

»Was und?«, fragte Tulpe.

»Wir können nicht einfach ein Schiff bauen, alle zusammen einsteigen und abhauen!«, rief Barnabas.

»Schhhh!«, machte Ludwig. »Die Menschen hören uns doch!«

Aber Barnabas beachtete ihn gar nicht. »Echt, Leute, das können wir nicht! Was wird dann aus den Tieren im Zoo? Die sind alle Müller ausgeliefert! Seit Hammi und ich weg sind, dreht der durch. Er beobachtet sie alle ganz genau. Und eins nach dem anderen wird zum Pelzmantel werden!«

»So viele Töchter hat Müller gar nicht«, schnaubte Ludwig verächtlich.

»Aber wir müssen was unternehmen!« Barnabas sah Hamlet an.

Hamlet senkte den Kopf. Auch ihm taten die Tiere leid, die immer noch hinter Gittern saßen. Gehörten sie nicht genauso zu ihm und Barnabas, wie sie inzwischen zum Wilden Pack gehörten? Hamlet wusste noch genau, wie Müller damals mit dem Gewehr vor ihm gestanden hatte. Nur dank

Barnabas' Hilfe war er mit heiler Haut davongekommen. Und jetzt brauchten vielleicht all die anderen Tiere ihre Hilfe. »Aber was sollen wir denn tun?«, fragte er ratlos.

»Sie befreien!«

»Und dann?«

»Sie mitnehmen!«

Shiva trat lautlos auf Barnabas zu und stupste ihn sanft mit der Schnauze an. »Gorilla Barnabas«, schnurrte sie. »Du hast ein großes Herz. Aber –«

»Er ist ein Spinner!«, fuhr Ludwig dazwischen. »Mitnehmen, pah! Die ganze Idee mit dem Schiff ist sowieso schon hirnrissig. Und jetzt will er alle Tiere aus dem Zoo mitnehmen. *Alle!* Weißt du, wie viele das sind? Bestimmt tausend! Vielleicht sogar hundert! Wie groß soll das Schiff denn werden, wenn ich fragen darf? So groß wie das Haus hier vielleicht?«

Barnabas schaute zum halbfertigen Haus hinüber. Er stellte sich vor, es wäre ein Schiff. Dann stellte er sich vor, wie viele von ihnen darin wohl Platz finden würden.

»Ja, könnte hinhauen«, murmelte er.

»Ha!«, lachte Ludwig auf. »Ich hab's ja gesagt: ein Spinner!«

»Barni, es tut mir leid, aber das geht nicht«, sagte Hamlet

ruhig. »Ampel hat mir erklärt, wie man so ein Schiff bauen muss. Er hat das Modell, das ihr besorgt habt, genauestens studiert. Wir müssen mit dem ... wie hieß das Ding noch mal?«

»Kiel«, kam Shiva ihm zu Hilfe.

»Mit dem Kiel müssen wir anfangen. Das ist der unterste Teil von so einem Schiff. Ein langer Balken. Wenn wir ein Schiff bauen wollten, das so groß ist wie ein Haus, dann bräuchten wir auch einen Balken, der so groß ist wie ein Haus. Und so etwas gibt es bestimmt überhaupt nicht.«

Plötzlich leuchteten die Augen des Gorillas auf. »Doch«, behauptete er. »Gibt es wohl.« Er streckte seinen langen, starken Arm aus und zeigte in die Höhe. »Und zwar da!«

Die anderen wussten zunächst überhaupt nicht, was er meinte. Da waren Mauern und darüber ein paar ziemlich lange Balken im Dachstuhl, aber keiner war so riesig, dass man aus ihm ein Schiff von der Größe eines Hauses hätte bauen können.

Dann aber begriff Tulpe, was Barnabas meinte. Sie fiepte erschrocken auf, dann kreischte sie vor Begeisterung. »Er hat recht! Er hat recht! Barnabas hat recht! Da ist so ein Balken!«

»Wo denn?«, fragte Shiva verständnislos.

»Na, *da!*« Tulpe war nicht mehr zu halten. Sie verließ das Versteck und huschte über Schlammlöcher, Backsteine und Holzbretter hinweg genau auf das Haus zu.

»Tulpe, bleib hier!«, rief Shiva, doch das Stinktier hörte sie nicht mehr.

Angetrieben von der Entdeckung, jagte Tulpe durch die Lücken in den Mauern, die später einmal Türen werden sollten, mitten hinein in den Neubau. Sie huschte eine halbfertige Treppe hinauf, flitzte über eine Leiter bis ganz nach oben und sprang schließlich mitten ins Dachgebälk. Stinktierflink wuselte sie weiter hinauf. Dann saß sie ganz oben auf dem First. Auf einem Balken, der so lang war wie das ganze Haus und die Spitze des Dachs bildete.

Tulpe reckte ihren buschigen Schwanz in die Höhe und rannte den Balken einmal in seiner ganzen Länge ab. Dabei kam sie an den bunt geschmückten Kranz. Elegant sprang sie über ihn hinweg und rannte wieder zurück. Klarer Fall: Dies war wahrscheinlich der längste Balken der Welt!

»Das kann doch nicht ihr Ernst sein!«, keuchte Shiva. »Dieses Riesending? Aber das ist unmöglich!«

»Na ja, ist bestimmt ganz schön schwer«, gab Barnabas zu. »Aber wenn wir warten, bis es dunkel ist, und Ludwig mir dann dabei hilft ...«

»Ich soll dir *dabei* helfen?«, kreischte Ludwig entsetzt. »Du hast wohl Läusemist im Hirn!«

»Barni, wie stellst du dir das vor?«, fragte Hamlet. »Ich gebe ja zu, dass dieser Balken beeindruckend groß ist. Aber er ist doch schon verbaut! Es steckt mitten im Haus! Wie sollen wir –«

Weiter kam Hamlet nicht. Denn plötzlich schrie jemand aus Leibeskräften: »Aaaaahhh!!! Ein Stinktier!«

Und schon brach die Hölle los.

3. Kapitel

Erschrocken sah Tulpe nach unten.

Die Menschen fingen an zu kreischen und zeigten aufgeregt ins Dachgebälk. Die meisten traten ein paar Schritte zurück. Doch einige Männer in blauen Latzhosen stürmten in den Neubau hinein. Sie rannten die Treppe hinauf und versammelten sich an der Leiter, die ganz nach oben führte. Dabei zogen sie Hammer und Zangen aus ihren Taschen hervor und fuchtelten wild damit herum.

Tulpe quiekte erschrocken. Ängstlich rannte sie immer

wieder den Dachbalken auf und ab. Das war aber auch das Einzige, was sie tun konnte. Weiter hinauf ging es nicht. Und den Weg zurück hatten ihr die Männer am Fuß der Leiter versperrt. Aufgeregt reckten sie die Fäuste. Einer von ihnen war inzwischen auf dem Weg nach oben und hatte die Spitze des Dachs fast erreicht.

Tulpe wurde klar, dass er sie wahrscheinlich fangen wollte. Es gab nur eine Lösung. Entschlossen lief sie zur Spitze der Leiter, drehte sich um, hob ihren buschigen Schwanz, zielte und verpasste dem Mann eine volle Ladung Stinksekret. Sie traf leider bloß seinen gelben Helm, aber das reichte völlig. Auf der Stelle breitete sich ein unvorstellbarer Gestank aus.

Der Mann stöhnte laut auf. Instinktiv ließ er seinen Hammer fallen und hielt sich die Nase zu. Im selben Moment rutschte er die Leiter wieder herunter. Als er zwischen den anderen landete, stöhnten diese ebenfalls auf. Fluchtartig nahmen sie alle Reißaus. Doch dafür kamen neue. Einer von ihnen hielt eine Flasche in der Hand. »Du hältst dich wohl für besonders schlau?«, rief er mit einem bösartigen Grinsen im Gesicht. »Aber was du kannst, kann ich schon lange!« Er schüttelte die Flasche.

Tulpe fragte sich noch, was er damit wohl meinte, da schoss plötzlich der Korken aus dem Flaschenhals, flog auf sie zu und traf sie am Kopf. »Aua!«, quiekte sie, doch da wurde sie schon von etwas Gelbem eingeschäumt, das ebenfalls aus der Flasche schoss. Ehe Tulpe reagieren konnte, hatte sie schon eine Ladung von dem süßen Schaum verschluckt. Plötzlich wurde ihr ganz schwummrig zumute. Ans Weglaufen war nicht mehr zu denken. Sie war froh, wenn sie hier oben auf dem Balken nicht den Halt verlor.

Der Mann, der den Korken abgefeuert hatte, kletterte grinsend weiter die Leiter hinauf. »Na, schmeckt der Champagner?«

Hinter dem Steinhaufen war Hamlet alarmiert. Sein Nackenfell sträubte sich. »Schnell, wir müssen ihr helfen! Das sieht nicht gut aus.«

»Wie denn?«, fragte Ludwig zweifelnd.

»Irgendwie!«, rief Hamlet. »Shiva, wir retten Tulpe! Und du holst den Balken für den Kiel, Barni!«

»Au ja!«, rief Barnabas begeistert. »Aber dann hole ich auch gleich Tulpe von da oben weg! Ihr könnt ja solange die Menschen ablenken.« Mit dem Chaos kehrten die Lebensgeister des Gorillas zurück. Das war ganz nach seinem Geschmack. Und da die Menschen sie eh schon entdeckt hatten, mussten sie mit dem Monsterbalken jetzt auch nicht mehr warten, bis es dunkel war.

»Ihr seid ja alle bekloppt!«, kreischte Ludwig voller Angst. Aber da spannte Shiva auch schon ihre Muskeln und setzte mit einem eleganten Sprung über den Steinhaufen hinweg. Wie ein schwarzer Blitz schoss sie über die Baustelle und in das halbfertige Haus hinein. Shivas funkelnde Augen und ihre entblößten Reißzähne verfehlten ihre Wirkung nicht.

Es dauerte ungefähr eine dreiviertel Sekunde, bis der erste Mensch anfing zu schreien.

»Da! Da! Ein Pa... Ein Pa... Ein Pahaha...«

Und dann schrien sie alle. Die Leute, die sich im Erdgeschoss versammelt und neugierig zum Dachstuhl hinaufgestarrt hatten, stoben wie vom Blitz getroffen auseinander. Doch dann stand wie aus dem Erdboden gewachsen plötzlich auch noch ein Wolf vor ihnen, der die Zähne fletschte und knurrte! Und hinter dem Wolf sprang ein riesenhafter, zottiger Gorilla die Treppe hinauf, die unter seinem Gewicht bedenklich bebte.

Die Männer im Dachgebälk schrien und brüllten und rannten hin und her, aber sie konnten nicht weg, denn auf der Treppe kam ihnen der Gorilla entgegen.

Barnabas grinste. Er richtete sich auf, fixierte den Mann, der Tulpe mit der Flasche angeschossen hatte, trommelte auf seine Brust und stieß ein markerschütterndes Brüllen aus.

Das reichte. Die Männer am Fuß der Leiter drehten sich um und verkrochen sich eilig in die hintersten Winkel der rohen Mauern.

Der Kerl auf der Leiter dagegen war plötzlich wie zu Stein erstarrt. Er klammerte sich mit schwitzenden Händen an seine leere Champagnerflasche und hielt den Atem an. In einem Film über Dinosaurier hatte der Mann nämlich gesehen, dass man sich nicht bewegen durfte, wenn man einem solchen Monster begegnete. Dann sah das Monster einen nicht. Das hier war zwar ein Gorilla und kein Dinosaurier, aber was machte das schon für einen Unterschied, Monster war schließlich Monster ...

»He, komm da runter!«, rief Barnabas, aber der Mann hörte natürlich nur ein weiteres Brüllen und rührte sich erst recht nicht vom Fleck.

Barnabas seufzte. Dass man aber auch alles selber machen musste! Er sprang zur Leiter, hob sie mit Leichtigkeit hoch und trug sie dann mitsamt Mensch zu einer Fensteröffnung in der Hauswand. Der Mann klammerte sich an die Sprossen. Dabei hielt er immer noch die Luft an und bekam ein ganz rotes Gesicht. Barnabas kicherte. »Jetzt siehst du aus wie der Hintern von Ludwig!«

Vorsichtig schob Barnabas die Leiter durch die Öffnung.

Dann lehnte er sie an die Außenwand. Der Mann war nur noch ein Stück vom Boden entfernt. Allerdings kopfüber, so dass ihm sein gelber Helm vom Kopf fiel und im Matsch landete. Barnabas konnte es egal sein. Er sprang in die Höhe, bekam einen der Dachbalken zu fassen und hangelte sich in null Komma nichts zu Tulpe hinauf.

»Hey, Barnabas!«, fiepte sie benommen, aber glücklich. »Holst du mich ab? Das ist aber nett von dir!«

»Klar«, strahlte der Gorilla. »Steig auf! Wenn du sitzt, schnappen wir uns den Balken.«

Das ließ Tulpe sich nicht zweimal sagen und krabbelte ihm auf die Schulter.

Derweil wurden Shiva und Hamlet unten auf der Baustelle immer stärker bedrängt. Die Bauarbeiter und Gäste der Party bildeten einen Kreis um die beiden Tiere. Ein paar Mutige hatten sich mit Werkzeug oder einem Stück Holz bewaffnet und stellten sich ihnen entgegen, wobei sie seltsame Laute ausstießen.

»Uh, uh, uh! Schhhh! Kusch dich! Ah, ah! Zacki-di-zack!"

Hamlet wurde ganz schwummrig zumute. Überall waren Menschen, alle starrten ihn an. Er fletschte die Zähne und knurrte. Einer der mutigen Männer kam näher. Er schwang ein Holzbrett wie eine Keule und schlug damit zu. Hamlet duckte sich, und das Brett wischte knapp über sein Rückenfell hinweg.

Shiva fuhr ihre Krallen aus und fauchte. Der Angreifer wich respektvoll zurück.

»Sie haben uns eingekreist!«, rief Hamlet. »Wir müssen weg! Wo bleiben denn Barnabas und Tulpe?«

Shiva blickte nach oben. »Sie sind noch auf dem Dach.«

Im selben Augenblick knackte und krachte es über ihnen. Barnabas hatte seine gewaltigen Pranken um den Riesenbalken gelegt und rüttelte daran. Die Dachkonstruktion begann zu schwanken wie ein Schiff im Sturm. Der bunte Kranz aus Tannenzweigen schaukelte hin und her.

Wieder schrien die Leute auf.

»King Kong lebt!«, kreischte eine hysterische Stimme. »Er wird uns alle zerschmettern!«

»Der Gorilla ist vollkommen durchgedreht!«, jammerte ein Bauarbeiter. »Der will das Haus einreißen!«

»Die Polizei ist unterwegs!«, beruhigte ihn eine Frau in einem grauen Hosenanzug.

Plötzlich rauschte ein Dachbalken herab. Die Leute spritzten auseinander, und der Balken bohrte sich in den schlammigen Boden. Im Nu gingen alle Menschen um Shiva und Hamlet in Deckung.

»Barni!«, rief Hamlet nach oben. »Was machst du denn da?«

Shiva blickte den jungen Wolf überrascht an. »Du hast ihm doch gesagt, er soll den Balken holen.«

»Ja, aber ich meinte doch nicht *den!*«

»Nein?«, rief der Gorilla herunter. »Ach so. Ich dachte.«

Wieder ächzte und stöhnte das Haus. Immer mehr Verstrebungen und Latten fielen herunter, und der Dachstuhl schwankte stärker und stärker.

Plötzlich blitzte etwas. Es kam so plötzlich, dass Hamlet vor Schreck aufjaulte. Ein Gewitter? Aber es war doch gerade noch blauer Himmel gewesen!

Es blitzte wieder. Und nun sah Hamlet, woher der Blitz kam. Er befand sich in der Hand der Frau in dem grauen Hosenanzug, die sich in sicherer Entfernung hinter einer Mauer versteckte und vorsichtig dahinter hervorlugte. Sie hielt einen kleinen Apparat zwischen den Fingern, den sie abwechselnd auf Barnabas, Shiva und Hamlet richtete. Und der Apparat blitzte.

Das grelle Licht irritierte Hamlet. Und nicht nur ihn. Auch Barnabas auf dem Dach schien ganz durcheinander. Er hatte aufgehört zu rütteln und rieb sich die Augen.

Plötzlich wuselte Tulpe zu ihnen herab und sprang auf Shivas Rücken. »Tulpe!«, rief Hamlet. »Alles in Ordnung mit dir?«

»Ja, geht schon wieder. Barnabas sagt, ihr sollt die Frau mit dem Blitzding verjagen. Er kann nichts mehr sehen.«

Das ließ Shiva sich nicht zweimal sagen. Schon sprang die schwarze Pantherdame auf die Mauer zu. Sie hatte gerade die Hälfte der Strecke zurückgelegt, da spürte sie, wie Tulpe auf ihren Kopf kletterte. Und zwar mit den Hinterbeinen voran.

»Hey, Shiva«, rief das Stinktier plötzlich. »Bleib mal stehen! Ich habe eine Idee!«

Die Pantherdame gehorchte augenblicklich. Sie ahnte, was ihre Freundin vorhatte. Da hob Tulpe auch schon den Schwanz und spritzte ihren stinkenden Strahl genau auf das Blitzdings der Frau. Mit einem lauten Kreischen verschwand die Frau hinter der Mauer.

»Gut gemacht, Tulpe!«, rief Shiva.

»Rückzug!«, brüllte eine Männerstimme. »Die sind dressiert. Die kommen aus einem Monsterzirkus!«

»Danke, Freunde!«, schnaufte Barnabas im Gebälk. »Ich kann wieder sehen!« Im gleichen Moment wurde das Ächzen und Knacken des Dachs schrecklich laut. Irgendwas brach entzwei. Und mit einem Mal hatte Barnabas den Riesenbalken in beiden Händen und balancierte damit herum. »Hab ihn!«, rief er und lachte. »Wir können los!«

Dann stürzte das restliche Dach ein.

Hamlet brachte sich mit ein paar Sätzen in Sicherheit und sah zu seinem Freund.

Barnabas stürzte in den ersten Stock hinunter, und um ihn herum regnete es Holzsplitter. Im selben Moment stand der Gorilla schon wieder auf. »Du kommst jetzt mit, du blödes Ding!«, grunzte er. Er packte den Riesenbalken erneut und versuchte, mit ihm nach unten zu kommen. Dabei blieb der Balken ständig irgendwo hängen. Barnabas ächzte und schnaufte, während er zog und zerrte und ruckelte. Wie eine mächtige Ramme stieß der Balken in alle Richtungen gegen Mauern, deren Mörtel noch nicht ganz trocken war. Mit lautem Krachen brachen die Mauern zusammen. Dazwischen flogen Betonmischer und Mörtelwannen umher. Und der bunte Kranz am Balken landete irgendwie um Barnabas' Hals, aber darum konnte er sich jetzt nicht auch noch kümmern.

Doch schließlich hatte Barnabas es geschafft. Mit dem Balken über der Schulter stand er auf dem Boden der menschenfreien Baustelle. Hamlet und Shiva, mit Tulpe auf dem Kopf, eilten auf ihn zu.

»Wow, Barni!«, fiepte Tulpe ehrfürchtig. »Sieht aus, als hättest du das Haus wieder eingerissen. Das wird die Menschen aber gar nicht freuen.«

»Na ja«, murmelte Barnabas und kratzte sich am Kopf. »Das ging irgendwie nicht anders.«

»Kannst du das Ding denn überhaupt tragen?«, fragte Shiva und starrte den Riesenbalken an.

»Wenn mir jemand hilft ...«, ächzte Barnabas.

»Ludwig!«, rief Hamlet. Er hatte den Pavian ganz vergessen. Wo steckte er bloß?

»Ihr seid alle komplett wahnsinnig«, meldete sich Ludwig entsetzt und verängstigt zu Wort. Er hockte immer noch in dem Versteck am Rande der Baustelle und sah mit aufgerissenen Augen zu ihnen hinüber.

»Kann sein«, gab Hamlet zurück. »Aber jetzt hilf Barnabas mit dem Balken! Los!«

»Du hast mir gar nichts zu befehlen«, kreischte der Pavian. Trotzdem sprang er im nächsten Augenblick neben Barnabas und packte mit an.

Hamlet war sich nicht sicher gewesen, ob es funktionieren würde. Aber es gelang den beiden Affen erstaunlich schnell, den enormen Balken an der nächsten Hauswand aufzurichten, hinaufzuklettern und vom Dach aus nach oben zu ziehen. Dann kehrte Barnabas zurück und holte Hamlet, Shiva und Tulpe ab. Mit mächtigen Sprüngen und einarmigen Klimmzügen beförderte er seine Freunde auf das Hausdach.

Hamlet sprang ab und sah hinunter.

Die Menschen beobachteten sie immer noch. Hier und da

blitzte wieder dieses merkwürdige helle Licht. Durch die Blitze hindurch sirrte plötzlich etwas Kleines, Grünes zu ihnen herauf. Spy, dessen Federn nicht ganz so glänzten wie sonst, hockte sich auf Hamlets Kopf. »Ich muss schon sagen: ›Kaum zu fassen! Da habt ihr's ganz schön krachen lassen!‹«

Hamlet, Barnabas, Shiva, Ludwig und Tulpe blickten auf das Chaos, das sie angerichtet hatten.

»Stimmt«, sagte Barnabas und lachte schallend. Er war wieder ganz der Alte.

Unten auf der Straße heulten Sirenen auf. Ein paar schnelle Autos mit blauen Lichtern auf dem Dach kamen herangefahren.

»Das ist die Polizei«, meinte Tulpe. »Wir sollten schleunigst abhauen. Mit denen ist nicht zu spaßen.«

»Okay.« Hamlet riss sich von dem Anblick los, und gemeinsam traten sie, den riesigen Dachbalken im Schlepptau, den Rückzug an.

Die Menschen starrten ihnen mit offenen Mündern nach. Wo waren diese Tiere nur plötzlich hergekommen? Wie war das alles möglich? Und was sollte das überhaupt bedeuten? Sie alle hatten das Gefühl, etwas Unfassbares erlebt zu haben. Im flackernden Blaulicht der anrückenden Polizei sah der Gorilla mit seinem Richtkranz um den Hals aus wie ein durchgeknallter Rennfahrer nach dem Sieg. Zusammen mit einem Pavian trug er ihren Dachbalken davon. Und daneben stolzierten ein schwarzer Panther, ein Stinktier und ein grauer Wolf.

So etwas hatte noch niemand von ihnen je gesehen. Es war so unglaublich, dass sie es sofort weitererzählen mussten! Und damit ihre Freunde und ihre Familien und die Nachbarn ihnen die Geschichte auch glaubten, brauchten sie Beweise. Jeder, der eine Kamera oder ein Handy dabeihatte, schoss wie wild ein Foto nach dem anderen.

Doch dann knackte es hinter ihnen. Und es knirschte laut. Und dann brach ein gewaltiges Rumpeln über die Baustelle herein. Im nächsten Augenblick stürzte das, was von dem Haus noch übrig war, vollkommen in sich zusammen.

Eine riesige Staubwolke türmte sich auf und hüllte die flüchtenden Tiere ein. Als die Wolke sich wieder lichtete, waren sie längst verschwunden.

4. Kapitel

Als Hamlet, Barnabas, Shiva, Tulpe und Ludwig das Paradies erreichten, ihr Geheimversteck unter der Stadt, wollten sie den anderen natürlich sofort von dem Abenteuer auf der Baustelle erzählen.

Aber leider war keiner da.

Vermutlich hielten sie sich alle in der Kristallhöhle auf, in der das Wilde Pack sein Schiff bauen wollte. Die Höhle lag tief unter dem Paradies verborgen an einem geheimen unterirdischen Fluss.

Barnabas marschierte sofort auf das Labyrinth zu, das zur Höhle führte. Doch dann ließ Ludwig sein Balkenende krachend zu Boden fallen. »Für mich ist hier Schluss! Den Rest könnt ihr alleine machen!«

Barnabas schnaubte. »Nun sei doch nicht so! Ist doch nicht mehr weit!«

Ludwig war der Einzige von ihnen, der die Kristallhöhle noch nie betreten hatte. Und er dachte nicht daran, das zu ändern. »Ich gehe da nicht rein!«, beharrte er.

Barnabas zuckte die Achseln. »Dann eben nicht. Ich schaffe das letzte Stück auch alleine.«

»Ich bleibe auch lieber hier«, schnurrte Shiva bedauernd. »Ihr müsst ja wieder durchs Wasser. Und das ist einfach nichts für Katzen.«

Während Ludwig sich auf eine der alten Hängelampen der verlassenen U-Bahnstation schwang und Shiva sich auf ihrer Treppe, die ins Nichts führte, zusammenrollte, schleifte Barnabas den Balken ins Labyrinth. Die anderen folgten ihm.

Das Labyrinth war ein unendlich großes Gewirr aus breiten und schmalen, hohen und flachen Gängen. Die meisten von ihnen waren mit Leuchtflechten bewachsen, die ein schwaches grünliches Licht abgaben. Hier war es immer ein kleines bisschen unheimlich.

Es war noch gar nicht langer her, dass die Tiere bei einer Expedition durch das Labyrinth den unterirdischen Fluss gefunden hatten. Der Weg dorthin war sehr kompliziert gewesen. Inzwischen hatten sie jedoch ein Abkürzung entdeckt, deren Tunnel und Gänge breit genug waren, dass Barnabas mit seinem Balken hindurchpasste. Während Hamlet vorausging und seiner eigenen Duftspur folgte, die er das letzte Mal hinterlassen hatte, war er in Gedanken noch bei der Baustelle.

»Das war eine tolle Idee, wie du dich falsch 'rum auf Shivas Kopf gestellt hast, Tulpenblüte«, sagte er. »Auch wenn ich den Geruch immer noch etwas in der Nase habe.«

Tulpe kicherte. »Ich dachte plötzlich: Großes Stinktier, so wie Shiva springt, kann sie mich mit einem Satz dahin bringen, wo ich richtig was zu treffen habe. Und ich kann in aller Seelenruhe zielen. Die Menschen haben sofort Reißaus genommen.«

Hamlet knurrte zustimmend. »Allerdings! Und ich glaube, damit habt ihr eine ziemlich einmalige Panther-Stinktier-Kanone erfunden.«

Ein paar Abzweigungen weiter waren sie am Ziel. Vor ihnen lag eine große Sandfläche, die friedlich zwischen den Felsen zu ruhen schien. Doch die Tiere wussten, dass der Schein trog. Das ganze Gebiet vor ihnen war ein Treibsandsee. Normalerweise war man rettungslos verloren, wenn man in Treibsand sprang. Man ging einfach unter und kam nie wieder hoch. Genau deswegen war der Treibsand als Eingang zur Kristallhöhle umso genialer. Der untere Teil des Sandsees führte nämlich direkt an den Grund des unterirdischen Flusses. Wer den Mut hatte, sich im Treibsand nach unten sinken zu lassen und lange genug die Luft anhielt, der wurde direkt in den Fluss transportiert.

Mittlerweile hatten alle außer Ludwig die ersten Erfahrungen damit gemacht. Und obwohl es für jedes Tier immer noch unheimlich war, wussten doch alle, dass es klappte.

Barnabas zögerte also nicht. Er schob den Balken so weit er konnte in die Sandfläche. Gemeinsam sahen sie zu, wie das Holz langsam versank. Wie in einem zähen Strudel drehte es sich ein paar Mal um sich selbst, bevor es vom Treibsand verschluckt wurde.

Als der Balken verschwunden war, sprangen Hamlet, Tulpe und Barnabas nacheinander in den Treibsand. Einer nach dem anderen wurde nach unten gezogen. Bald war die Sandfläche über ihren Köpfen wieder so ruhig und unbewegt wie vorher.

Während Hamlet und die anderen im Treibsand versanken, wartete Ampel, das Chamäleon, schon ungeduldig auf ihre Rückkehr. Er stakselte in der Kristallhöhle auf und ab und zählte die Minuten. Er war gespannt, ob seine Freunde einen Kiel gefunden hatten, der groß genug für ihr Schiff war. Denn er konnte es kaum erwarten, endlich mit der Arbeit zu beginnen.

Ampels linkes Auge blickte immer wieder auf den unterirdischen Fluss hinaus, während sein rechtes das Schiffsmodell studierte, das auf einem flachen Felsen neben ihm stand. Ampel hatte es mit der Hilfe seiner Freunde vorsichtig und Stück für Stück auseinandergenommen und später wieder zusammengesetzt. Er wusste jetzt genau, wie so ein Schiff aussah und wie es aufgebaut war. Trotzdem konnte er selten seinen Blick davon abwenden. Dieses Schiff mit seinen tausend kleinen Einzelheiten faszinierte ihn. Die Menschen waren wohl doch nicht so doof, wie er immer gedacht hatte, wenn sie schon vor hunderten von Jahren so etwas bauen konnten. Gleichzeitig stellte Ampel sich natürlich vor, wie es sein würde, mit einem Schiff, das zehnmal so groß war wie dieses Modell, endlich in See zu stechen. Er war so aufgeregt deswegen, dass seine Haut nun die meiste Zeit in den buntesten Farben schillerte, wenn er hier unten in der Kristallhöhle war.

Nun ja, das konnte allerdings auch an den Kristallen liegen. Sie wuchsen überall an den Felswänden. Und sobald jemand in der Nähe jaulte oder schnatterte, quiekte oder quakte, begannen sie zu leuchten und die riesige Höhle in buntes Licht zu tauchen. Und dessen Schein spiegelte sich auf der Oberfläche des breiten Flusses, der durch die Höhle floss, und verwandelte ihn und die gesamte Umgebung in ein farbenfrohes Lichtermeer.

Im Fluss paddelten Caramba, der tintenblaue Frosch, und Oskar herum. Oskar hatte dichtes Fell und einen Schwanz wie ein Biber, dazu aber einen Entenschnabel und merkwürdige Flossenfüße. Niemand wusste, was für ein Tier er war, nicht einmal er selbst.

Plötzlich zuckte Oskar zusammen. Unter ihm im Wasser bewegte sich etwas! Einen Moment später schoss ein riesenhaftes Etwas aus der Tiefe des Flusses herauf. Es brach rauschend durch die Oberfläche, schnellte in die Höhe wie ein springender Fisch und schlug dann klatschend auf dem Wasser auf, wo es schwimmend liegen blieb. Der Lärm ließ die Kristalle hell aufflammen.

»Caramba!«, quakte Caramba und paddelte schnell in sichere Entfernung. Doch dann tauchten nacheinander die Köpfe von Hamlet, Barnabas und Tulpenblüte auf.

»Ach, ihr seid's!«, rief Oskar erleichtert. »Na, endlich, wir warten schon so lange auf euch! Aber was ist denn das für ein Monstrum? Ist das etwa unser –«

»Donnerkiel!«, rief Ampel vom Flussufer aus. »Das ist ja ein Riesenoschi!«

Schnell paddelten alle an Land, wobei sie den Dachbalken gemeinsam durchs Wasser zogen und schoben. Nachdem auch Hamlet am Ufer war und sein Fell ausgeschüttelt hatte, dass die Tropfen nach allen Seiten flogen, stieß er ein lautes Heulen aus. Sofort flammten die Kristalle in einem warmen Rot auf, das sich an den Wänden entlang wie eine Welle durch die ganze Höhle bewegte.

Barnabas wuchtete den Balken aufs Trockene. Sofort kletterte Ampel hinauf und marschierte ihn einmal der Länge nach ab. Währenddessen kamen Kaka und Du angeflogen, die beiden weißen Papageien, die einen Erkundungsflug durch die Kristallhöhle gemacht hatten. Und auch die beiden Ziegen, die nie etwas sagten, und in den Felsen herumgeklettert waren, sprangen neugierig heran. Sogar Roswitha, die Riesenschildkröte, die die meiste Zeit schlief, streckte den Kopf aus ihrem Panzer.

»Dreihundertachtundachtzig Chamäleonschritte!«, rief Ampel, als er das Ende erreicht hatte, und wurde ganz bleich vor Ehrfurcht. »Das ist ja fünfmal länger als notwendig! Was ist denn nur in euch gefahren? Gab es keinen Kleineren?«

»Na ja ...«, druckste Hamlet herum. »Wir haben uns überlegt, also, wir dachten ...« Unruhig suchte er die richtigen Worte.

Doch dann sagte Barnabas: »Lass mal, Hammi, das mache ich.« Er schwang sich auf einen niedrigen Felsen und räusperte sich, was wie ein kleiner Erdrutsch klang. »Also, Leute, da gibt es was, was ihr noch nicht wisst. Ich war nämlich heute im Zoo, und da ...«

Ampel wurde schreckenstürkis. »Oh nein, ihr unglückseligen halbfertigen Pelzmäntel, was habt ihr denn diesmal wieder angestellt? Ist euch Zoodirektor Müller etwa auf die Spur gekommen?«

»Nein, überhaupt nicht. Nicht das klitzekleinste bisschen«, versicherte Barnabas schnell. »Ich war ja nur ganz kurz da, um einen Happen zu essen. Und da habe ich Tomtom getroffen, den Eisbären, wisst ihr. Und der hat mir ein paar gruselige Sachen erzählt.« Erst zögerlich, dann immer schneller und aufgeregter, berichtete Barnabas, was er im Zoo erfahren hatte. Dass Müller immer schlimmer wurde und die Tiere um ihr Leben fürchteten. Und wie Barnabas sich überlegt hatte, dass sie vielleicht ein ganz großes Schiff bauen sollten, in dem *alle* Tiere Platz fanden, auch die aus dem Zoo. Und wie er dann diesen Balken auf dem Dach des Hauses gesehen hatte und zu dem Schluss gekommen war, dass der eigentlich genau die richtige Größe haben müsste. Und wie Tulpe dann entdeckt wurde und Barnabas den Balken deswegen gleich mitgenommen hatte.

Die anderen Tiere hörten staunend zu. Nur aus Ampel wich nach und nach sämtliche Farbe, bis er am Ende kalkweiß war.

»Ich weiß, ich hätte euch erst alle fragen sollen«, gab Barnabas zu und kratzte sich verlegen das Fell. »Aber das ging ja nicht, wisst ihr. Auf der Baustelle wurde es auf einmal wieder so hektisch, und da musste ich mich schnell entscheiden, ob ich nun den großen Balken nehme oder den kleinen, und ... na ja ... dann habe ich mich halt entschieden.«

»Und am Ende ist das Haus eingekracht«, fügte Hamlet hinzu.

»Ach ja, stimmt, das war ja auch noch«, gab Barnabas kleinlaut zu.

»Das Haus ist eingekracht?«, hauchte Ampel fassungslos.

»Ja!«, rief Tulpe begeistert. »Das war laut und staubig, und Shiva und ich haben eine Stinktierkanone erfunden! Und ich finde den Plan von Barnabas super. Ob wir nun ein kleines oder ein großes Schiff bauen, ist doch eigentlich egal, oder?«

»Also, von einem kleinen Schiff war eigentlich nie die Rede«, widersprach Ampel. »Es ging immer um ein großes Schiff. Aber jetzt haben wir die Wahl zwischen einem großen und einem *gigantischen*. Und das ist, wenn ihr mich fragt, ein ganz schöner Unterschied.«

Hamlet wandte sich an das Chamäleon. »Ist es möglich?«

»Du stellst Fragen«, antwortete Ampel zögerlich. »Es ist vor allem eines, nämlich eine ganz typisch pelzige Entscheidung, wenn du verstehst, was ich meine. Erst handeln – dann denken. Ihr Bettvorleger macht das *ständig* so! Ist es denn zu viel verlangt, es ausnahmsweise mal umzudrehen und erst nachzudenken, bevor ihr irgendwas tut? Nur ein einziges Mal? Mir zuliebe?«

»Ich *habe* nachgedacht!«, verteidigte sich Barnabas.

Ampel verdrehte die Augen.

»Ist es möglich, Ampel?«, wiederholte Hamlet eindringlich. »Können wir ein so großes Schiff bauen?«

»Möglich ist es schon«, begann Ampel, und weiter kam er auch schon nicht mehr. Denn plötzlich brachen alle Tiere in Jubel aus. Damit hatte Hamlet nicht gerechnet. Ohne dass sie lange darüber geredet hätten, war das Wilde Pack sofort einer Meinung. Eine große Freude und Begeisterung lag in der Luft, wie Hamlet sie noch nie zuvor gespürt hatte. Der junge Wolf witterte Tatendrang und Furchtlosigkeit, und die gehörten zu den stärksten Gefühlen, die er überhaupt kannte.

Sogar der unterirdische Fluss schien auf ihrer Seite zu sein. Denn durch den vielstimmigen Jubel leuchteten die Kristalle so klar und hell auf, dass sie die ganze Höhle in ein regenbogenbuntes, magisches Licht tauchten. Eine Welle der Freude durchströmte ihn. Glücklich blickte er zu Barnabas und sah, dass es seinem Freund nicht anders erging. Gerührt sah der Gorilla von einem zum anderen.

Selbst Ampel schillerte in allen Regenbogenfarben. Er konnte nicht anders. Langsam stakselte er den flachen Felsen hinauf, auf dem Barnabas saß. »Herz hast du, Gorilla, auch wenn du ein alter Kindskopf bist. Aber wenn ich an all die Tiere im Zoo denke, die unter dem schrecklichen Zoodirektor Müller leiden müssen, dann kann ich nur sagen: Es war zwar mal wieder vollkommen gedankenlos von euch – aber trotzdem richtig.«

»Gedankenlos und trotzdem richtig«, wiederholte Tulpe. »Das nennt man Instinkt! Davon habt ihr Echsen nicht so viel, glaube ich. Darin sind wir Bettvorleger einfach besser!«

Barnabas packte den Balken und schleifte ihn zu zwei flachen, glatten Felsen, die etwas erhöht und abseits vom Flussufer am Rand der Höhle lagen. Dann legte er ihn wie eine Brücke über die beiden Felsen. Mit dumpfem Rumpeln kippelte der Balken ein bisschen hin und her, dann lag er fest. Die Felsen dienten jetzt als Tragekonstruktion, so wie auch das Modellschiff eine hatte, um nicht umzukippen.

Alle scharten sich um den riesigen Kiel. Der lange Holzbalken lag ergreifend schlicht vor ihnen. Ein magischer Zauber schien von ihm auszugehen, denn plötzlich sahen alle vor ihrem inneren Auge, was für ein gigantisches Schiff das werden würde.

»Passt perfekt«, meinte Ampel anerkennend. »So kommen wir von allen Seiten dran und können bauen. Heureka! Das heißt so viel wie: Ein Anfang ist gemacht! Wir haben den Kiel für ein wahrhaft riesiges Schiff. Der Rest baut sich jetzt praktisch wie von selbst!«

Wieder brach das Wilde Pack in Jubel aus, und plötzlich quiekte Tulpe: »Leute! Das sollten wir mit einer Party feiern! Wie die Menschen auf der Baustelle.«

»Party?«, fragte Oskar, der nicht genau wusste, was sie meinte.

»Ja, bei einer Party isst und trinkt man und spielt und tut

überhaupt nur das, wozu man Lust hat«, erklärte das Stinktier. »Und man macht immer eine, wenn man was Tolles geschafft hat! Zum Beispiel den gigantischsten Kiel der Welt ergattert für das gigantischste Freiheitsschiff.«

»Aber genau das haben wir doch eben geschafft!«, schnaufte Barnabas.

»Na eben!«, rief Tulpe strahlend. »Deswegen sollten wir jetzt ja auch feiern!«

»Au ja!«, rief Oskar.

Barnabas' Augen leuchteten auf. »Man frisst so viel man will? Also, ich will Äpfel und Birnen und ein paar Säcke Orangen und Ananas und –«

»Und ich will Salat«, meinte Roswitha, die uralte Riesenschildkröte. »Aber den müsst ihr mir mitbringen. Ich bin zu langsam für große Ausflüge.«

Die beiden Ziegen meckerten ihr hilfsbereit zu.

»Jeder kriegt, was er will!«, versprach Tulpe. »Das ist ja der Witz an so einer Party!«

»Aha«, knurrte Hamlet. »Und wo gibt es das alles an ein und demselben Ort?«

Die Tiere verstummten. So eine Party für ihren Schiffskiel klang schon super. Aber über die Frage, wo sie stattfinden sollte, hatte sich keiner Gedanken gemacht.

Doch plötzlich flatterten Kaka und Du aufgeregt mit den Flügeln. »Ich glaube, wir wüssten da was!«, krächzte Du. »Ja, ganz bestimmt sogar. Es gibt so einen Ort! Und wir können euch hinführen!«

»Und wo soll das sein?«, fragte Hamlet.

Die Kakadus zwinkerten einander zu. »Überraschung!«, krächzten sie fröhlich.

5. Kapitel

Minuten später stand, saß und flatterte das Wilde Pack aufgeregt am Windschacht. Diesen hatten die Tiere glücklicherweise bei ihrem ersten Ausflug zum unterirdischen Fluss entdeckt. Denn durch den Treibsand konnten sie unmöglich wieder nach oben ins Paradies gelangen. Der Windschacht lag versteckt hinter einem Wasserfall und hatte ein wundersames Geheimnis.

Aus der tiefsten Felsspalte, die die Tiere je gesehen hatten, schoss alle paar Minuten mit lautem Heulen ein warmer Wind in die Höhe. Dieser war stark genug, dass er selbst die Größten unter ihnen durch den Schacht nach oben trug.

Die kleinen Tiere nahmen den ersten Windstoß. Für sie war der Flug das reine Vergnügen. Der warme Wind griff den Vögeln unter die Flügel, und mit lautem Jubelkrächzen schossen Kaka und Du in die Höhe. Hinter ihnen murmelte Ampel in leuchtendem Blau: »Ah, wie im Ei vor dem Schlüpfen!« Neben ihm quakten und schnauften Caramba und Oskar vor Wonne.

Hamlet, die beiden Ziegen, Tulpe und Barnabas nahmen den nächsten Windstoß. Barnabas musste sich dabei ab und zu an den Wänden abstoßen. Er war etwas zu schwer, um ganz allein vom Wind getragen zu werden. Aber für den geübten Kletterer war es, als ob eine warme Hand in sein Fell griff und ihn nach oben trug.

Die beiden Ziegen hatten einen ausgezeichneten Gleichgewichtssinn und bewegten sich durch die Luft, als hätten sie festen Boden unter den Hufen. Außerdem waren sie absolut schwindelfrei. Tulpe ließ sich ihren noch nassen Wuschelschwanz wieder trocken fönen und fiepte vergnügt. Nur Hamlet war nicht begeistert. Ihm war die Fliegerei nach wie vor nicht geheuer.

Auf diese Weise erreichte das Wilde Pack wahrhaftig in Windeseile eine Plattform, an der der Schacht endete. Von dort waren es noch ein paar Sprünge und Flügelschläge bis zu einer schmalen Felskammer, die sich nach oben immer weiter verjüngte und direkt ins Paradies führte. Da die Wände dieser letzten Kammer sehr glatt waren und selbst die besten Kletterer nicht an ihnen hochsteigen konnten, hatte Ampel eine Leiter erfunden. Die Tiere hatten dazu die alte U-Bahn-Schiene, mit der Barnabas vor einiger Zeit das Gitter am oberen Ende der Kammer ausgehebelt hatte, in die Kammer hinabgelassen. An der Schiene hingen noch mehrere hölzerne Schwellen aus dem Gleisbett, und auf diesen konnten sie mühelos zurück ins Paradies klettern.

»Na?«, begrüßte Ludwig sie. »Schiff schon fertig? Oder habt ihr Hunger bekommen und gemerkt, dass man von seinen hirnverbrannten Träumen nicht satt wird?«

»Genau das«, rief Tulpe gut gelaunt. »Und deswegen gehen wir jetzt alle feiern!«

»Feiern? Was feiern? Wie feiern? Wir haben noch nie gefeiert! Wo denn überhaupt?«

»Das ist eine Überraschung«, krächzte Du. »Wenn du willst, kannst du mitkommen, alter Miesepeter. Es gibt eine Menge zu futtern, versprochen.«

Ludwig bekam einen gierigen Blick. »Ihr wollt Futter besorgen?«

»Ja«, nickte Ampel, »alle zusammen. Komm mit, schließlich hast du heute auch deinen Teil zur Kiellegung beigetragen.«

»Aber stänkern ist verboten!«, warnte Tulpe.

»Pah!«, machte Ludwig. Aber dann war er still. Solange es was zu fressen gab, sollte ihm der Rest egal sein.

Shiva hingegen war hellauf begeistert. Wenn sie schon nicht bei der Kiellegung dabei gewesen war – die Party wollte sie auf gar keinen Fall verpassen! »Was für eine prachtvolle Idee«, schnurrte sie mit ihrer tiefen Stimme. »Dann feiern wir auch gleich die Erfindung der Panther-Stinktier-Kanone!«

Gemeinsam brachen sie auf. Kaka und Du flogen voraus und zeigten den anderen den Weg. Draußen war es inzwischen dunkel, so dass sich die Tiere gefahrlos über die Dächer der Stadt bewegen konnten. Barnabas trug die anderen unter seinen Armen und auf dem Rücken auf das erste Dach, und von dort sprangen sie alleine oder mit seiner Hilfe über die Straßenschluchten. Hier oben war die Welt friedlich und still. Die hereingebrochene Nacht war kalt und sternenklar.

Hamlet genoss die kühle Nachtluft. Auf den Dächern fühlte er sich wirklich frei. So musste es sein, wenn sie eines Tages auf ihrem Schiff stehen würden. Über sich nur den Himmel und den Wind in den Segeln.

Über seinem Kopf rauschte es, und die beiden weißen Kakadus senkten sich aus der Luft herab.

»Wir sind da, Hamlet!«, verkündete Du. Er setzte sich auf die nächstbeste Regenrinne und wippte mit dem Schnabel in Richtung eines großen Gebäudes, das auf der anderen Seite einer sehr breiten Straße lag. Seine goldgelben Augen leuchteten in der Dunkelheit.

Das Wilde Pack blickte auf ein gewaltiges, mehrstöckiges Gebäude. Im unteren Teil reihten sich hohe beleuchtete Schaufenster aneinander, in denen Plastikmenschen standen.

Tulpe, die sich ziemlich gut in der Menschenwelt auskannte, rief begeistert: »Ein Kaufhaus! Natürlich! Kaka und Du, das war eine Superspitzenidee!«

»Kaufhaus?«, fragte Barnabas ratlos, und ihm wurde wieder mal klar, dass er mit der Menschenwelt nicht halb so vertraut war wie manch anderes Tier im Wilden Pack.

»Ein Kaufhaus ist ...«, setzte Tulpe zu einer Erklärung an, aber dann winkte sie ab. »Ein Kaufhaus ist der allerallerbeste Ort für eine Party. Du wirst schon sehen!«

Kaka hockte neben Du. Die beiden Papageien schmiegten sich eng aneinander. »Ach Du, mein Lieber, weißt du noch?«

Du nickte und rieb seinen Schnabel an Kakas Brustfedern. »Wie sollte ich das vergessen, meine Liebste. Auch wenn die Umstände alles andere als erfreulich waren, so verdanke ich ihnen doch, dass wir uns gefunden haben.«

Neugierig lauschte Hamlet den beiden. »Ihr habt euch im Kaufhaus getroffen?«

»Ja«, krächzte Kaka. »Wir waren in einem der Schaufenster ausgestellt. Tropische Sommermode. Jeder von uns saß auf einer Holzstange zwischen solchen Puppen, wie sie da unten stehen.«

»Angekettet«, wisperte Du. Die Erinnerung schien ihm zu schaffen zu machen, denn seine Federn plusterten sich unwillkürlich auf. »Den ganzen Tag über bekamen wir nichts zu essen, damit das Schaufenster nicht schmutzig wurde von den Krümeln und Schalen der Körner. Wir durften nur nachts raus und kamen in einen Käfig mit Wasser und Futter.«

Kaka seufzte. »Es war kaum zum Aushalten. Am Tag blieben die Menschen auf der Straße vor dem Fenster stehen und klopften mit den Fingern gegen das Glas. Es war so laut! Aber wenn wir reagierten, dann klopften sie sofort noch heftiger.«

»Und wenn wir es nicht taten, dann auch«, sagte Du leise. »Damit wir reagierten. Dieses Klopfen hat den ganzen Tag im Schädel gedröhnt.« Er sah auf und rieb zärtlich seinen Schnabel an Kakas. »Aber meine Kaka hatte trotzdem eine Lösung. Sie sagte mir, das Beste sei es, wir würden völlig reglos tun, als ob wir ausgestopft und tot wären. Dann würden die Menschen uns nicht belästigen. Sie hatte recht. Aber es war eine Folter. Damit sie uns in Ruhe ließen, mussten wir wie versteinert auf den Stangen hocken.«

Barnabas hatte die Ohren gespitzt. Nun ließ er traurig seinen mächtigen Kopf hängen. »Das klingt ein bisschen wie der Zoo. Nur dass es da keine Glasscheiben gab, gegen die jemand gedonnert hat. Ihr Ärmsten!«

»Aber wie konntet ihr von da entkommen?«, quiekte Tulpe.

»Jeden Abend hat uns eine Frau aus dem Fenster geholt«, antwortete Kaka. »Als sie Du in den Käfig brachte, habe ich hinter ihr *Hände hoch* gesagt. Sie hat gedacht, sie wird überfallen, und dann hat ihr Du in den Finger gebissen.«

Du schauderte, als er daran dachte. »Sie hat geschrien und geflucht und mit einem Schlüsselbund nach uns geworfen. Aber wir sind trotzdem entwischt.«

»Aber heute«, fügte Kaka fröhlich hinzu, »heute können wir drinnen machen, was wir wollen! Und uns richtig satt essen!«

»Vorausgesetzt, wir finden einen Eingang«, knurrte Hamlet. »Da unten sind alle Türen verschlossen und vergittert. Aber wenn ihr damals aus dem Kaufhaus rausgekommen seid, dann wisst ihr jetzt auch, wie wir reinkommen, richtig?«

Die beiden Kakadus sahen sich an. Dann schwangen sie sich in die Luft und stießen ein lautes Krächzen aus. »Das ist das Gute an der Geschichte!«, rief Kaka und wandte den Kopf zur Seite.

Hamlet sah sofort, was sie meinte. Von dem Kaufhaus führte eine gläserne Brücke über eine Straße zu einem Haus daneben. Eigentlich war es gar kein richtiges Haus, sondern nur ein riesiges hässliches Betonding ohne richtige Fenster. Es sah sehr merkwürdig aus. »Was ist das für ein Gebäude?«

»Da fahren die Menschen ihre Autos rein, bevor sie ins Kaufhaus gehen«, rief Du. »Und wie ihr seht, kann man da leicht rein und raus. Dann muss man nur über die Brücke, und schon ist man im Kaufhaus. Es ist eigentlich ganz leicht.«

»Na, dann los.« Barnabas schnappte sich Oskar, Ampel und Hamlet, nahm Anlauf und setzte mit einem gewaltigen Sprung über die Straße auf das Dach des fensterlosen Hauses. Dort setzte er seine Freunde ab, sprang wieder zurück und holte die anderen. Lediglich Shiva und Ludwig sprangen alleine.

Vom Dach führte eine breite Rampe direkt ins Innere. Barnabas spähte hinab. An ihrem Fuß lag ein vollkommen leerer, riesengroßer Raum, in dem eine ganze Elefantenherde bequem Platz gehabt hätte. Auf den Boden waren blaue und weiße Linien und Zeichen gemalt. Und am anderen Ende führte die Glasbrücke über die Straße.

Hamlet ging als Erster hinab, streckte seine feine Nase in die Luft und nahm Witterung auf. Es roch giftig nach altem Gummi, Benzin und Öl, aber er nahm keine unmittelbare Gefahr wahr. Dann rief er die anderen.

Erstaunt sah Ampel sich um. »Nun seht euch das an. Nur ein paar weiße Striche auf dem Boden. Die Menschen sind wirklich verrückt. Sie reißen tiefe Löcher in die Erde, um Sand und Steine zu gewinnen – und dann bauen sie damit Häuser, in denen nichts ist.«

»Ja, sie graben ein Loch in die Erde, um damit ein Loch in die Höhe zu bauen«, kicherte Oskar. »Und dann feiern sie eine Party. Vielleicht bauen sie ja auch überhaupt nur solche Häuser, um feiern zu können. Das wäre mal wieder typisch!«

Plötzlich stieß Hamlet ein warnendes Knurren aus. Sofort verstummten die anderen.

»Was ist, Hammi?«, flüsterte Barnabas.

Hamlets Nackenhaare hatten sich gesträubt. »Ich wittere etwas. Irgendjemand ist hier! Ein Mensch!« Und da erspähte er ihn auch schon.

Am anderen Ende der leeren Halle stand ein Glaskasten.

Und in diesem Kasten saß ein Mann auf einem Stuhl und schlief, eine Mütze tief im Gesicht.

»Ein Mensch!«, kreischte Ludwig.

»Sei still«, fuhr Hamlet den Pavian an. »Der schläft doch! Willst du, dass er aufwacht?«

»Aber warum sitzt der denn in einem Glaskasten, Hammi?«, fragte Barnabas. »Ist das auch ein … Schaufenster?«

Hamlet duckte sich hinter einem hohen Pfeiler und beäugte den Mann. Vor ihm leuchteten und flimmerten irgendwelche Apparate. »Keine Ahnung«, gab Hamlet zu.

Im selben Moment surrte über ihnen an der Decke ein kleiner Kasten und drehte sich dabei.

Ludwig fuhr auf. »Was ist das?«

»Nichts Lebendiges«, gab Shiva zurück und musterte den Kasten. Vorne drin saß ein rundes Glasauge. Darunter blinkte ein roter Punkt.

»Aber es bewegt sich doch«, gab Oskar zu bedenken. Er hatte ein ungutes Gefühl bei diesem Kasten. Irgendwie kam es ihm so vor, als würde das Ding ihn beobachten.

»Es ist trotzdem nicht lebendig«, beharrte Shiva. »Und jetzt lasst uns endlich weitergehen. Wenn wir erst alles, was die Menschen sich gebastelt haben, enträtseln wollen, dann wird das heute nichts mehr mit unserer Party!«

»Shiva hat Recht«, meinte Hamlet und streckte noch einmal die Nase in die Luft. Aber er witterte nichts Außergewöhnliches mehr. »Gehen wir rein!« Er sprang los, und die anderen folgten ihm zur gläsernen Brücke.

Theobald Weber erwachte. In seinem kleinen Wachhäuschen im Parkhaus schob er sich die Mütze aus dem Gesicht und sah verschlafen auf die Uhr. Drei Uhr nachts. Er gähnte. Irgendetwas hatte ihn geweckt. Aber was?

Ach ja, jetzt erinnerte er sich wieder. Er hatte geträumt. Ein merkwürdiger Traum! Er war im Dschungel gewesen. Ein Lächeln erschien auf seinem Gesicht. Theobald Weber

träumte gerne von Tieren. Er hätte gerne einmal Urlaub im Dschungel gemacht und wäre auf einem Elefanten geritten. Oder auf einem Kamel in der Wüste. Aber dafür reichte sein Gehalt als Nachtwächter nicht aus. Theobald Weber runzelte die Stirn. Was hatte er denn eben geträumt? Irgendwelche Tiere hatten ihn bedroht. Aber was für Tiere? Und wieso hatten sie ihn bedroht? Er liebte doch Tiere!

Gewohnheitsmäßig warf er einen Blick auf die Überwachungsmonitore vor sich. Dann zuckte er zusammen. Auf einem der Monitore sah er eben noch einen gewaltigen Gorilla um die Ecke biegen. Ein Gorilla, der aus dem verlassenen Parkhaus ins Kaufhaus marschierte? Theobald Weber stöhnte.

Er schien noch immer zu träumen. Seine Frau hatte ganz recht, dachte er. Er sollte wirklich am Abend, bevor er zum Dienst ging, nicht so schwer essen. Tiere, die ihn bedrohten! Dschungel! Gorillas im Parkhaus! So ein Mumpitz!

Mit müden Augen blickte er auf die weite, leere Parkhausebene vor sich. Sie war verlassen wie immer. Er hatte wirklich die langweiligste Arbeit, die man sich vorstellen konnte. Theobald Weber lehnte sich zurück, zog die Mütze wieder tief ins Gesicht und schloss die Augen.

6. Kapitel

Während der Nachtwächter wieder in seinen Träumen versank, hatte das Wilde Pack die gläserne Brücke überquert und stand nun vor einer grün gestrichenen Stahltür. Direkt dahinter begann das Kaufhaus.

»Barnabas«, rief Tulpe, »klopf doch mal an!«

Der Gorilla stieß sein dröhnendes Lachen aus. »Aber gerne!« Mit seiner mächtigen Schulter rammte er die Tür. Sie sprang laut krachend auf. »Tja, Leute, willkommen auf unserer Party!«

Sofort drängten sich alle an ihm vorbei, unter ihm durch und über ihn hinweg in das Kaufhaus. In den hohen Räumen herrschte ein schummriges Licht. Es reichte gerade aus, um sich zurechtzufinden. Vor ihnen erstreckte sich ein wahres Labyrinth aus riesigen Räumen mit vollgestopften Regalen und überquellenden Tischen. Dazwischen standen reglose Plastikmenschen, hohe Spiegel und unglaubliche Mengen an Menschendingen herum. Es war viel zu viel, um sich alles auf einmal anzusehen.

»Es sieht ein kleines bisschen aus wie damals im Museum«, meinte Oskar leise. »Findet ihr nicht auch? Ganz viele Dinge sind ausgestellt, und man kann herumlaufen und sich alles ansehen. Nur, dass sich hier alles um den Menschen dreht. Oder was meinst du, Hamlet, ob es hier auch wieder rote Knöpfe gibt, die vielleicht etwas über Tiere erzählen?« Oskar hatte bei ihrem Besuch im Museum ein komisches Dingsbums gefunden, das ihm etwas über seine Herkunft verraten hatte. Leider war ihnen Zoodirektor Müller dazwischengefunkt, und Oskar bedauerte es sehr, dass er nicht mehr über sich erfahren hatte.

Hamlet blickte sich neugierig um. Er war noch nie in einem Kaufhaus gewesen, aber hier schien es wirklich *nur* um Menschen zu gehen. Alles, was er sah, war für Menschen gemacht.

»Rote Knöpfe vielleicht nicht«, kam Ampel ihm zu Hilfe. »Aber bestimmt Bücher! In Büchern sammeln Menschen ihr Wissen, so ähnlich wie im Museum, nur noch viel, viel mehr!«

»Noch mehr?« Oskars Augen begannen zu leuchten. Noch mehr Wissen als damals bei ihrem Besuch im Museum? Das kleine Tier wurde ganz zappelig. Bücher waren diese eckigen Dinger aus Papier, das wusste er. Nur, wo waren die?

Er sah sich um, aber da standen überall nur Fläschchen.

»Sagt mal«, schnurrte Shiva, »was ist das hier eigentlich für ein grauenhafter Gestank?«

Alle schnupperten. In der Luft hing ein süßer Geruch, der aus allen Richtungen gleichzeitig kam.

»Riecht wie künstliche Blumen«, meinte Barnabas.

Auf der Suche nach der Quelle dieses Geruchs drehte Hamlet sich einmal um die eigene Achse. Dabei wischte sein Schwanz über ein Regal, in dem hunderte kleine, gläserne Behälter mit einer gelblichen Flüssigkeit standen. Zwei oder drei der Fläschchen fielen herunter und zersprangen auf dem Steinboden. Die seltsame Flüssigkeit lief aus, und sofort verdichtete sich der Geruch.

»Pah!«, kreischte Ludwig, als der Gestank immer schlimmer wurde. »Das ist Gift! Total eklig! Große Affenfäule!«

Der Pavian sprang in die Höhe und warf dabei weitere Flaschen um. Wieder zerbrachen einige, und ein Schwall des Stinkwassers ergoss sich auf Hamlets Fell. Panisch sprang der Wolf zur Seite. Instinktiv wollte er sich die stinkende Stelle sofort sauberlecken. Aber als er die Flüssigkeit mit der Zunge berührte, stieg ihm ein unsagbar bitterer Geschmack in die Kehle. »Ich kann es nicht ablecken!«, jaulte er hilflos. »Es schmeckt zu gemein! Ist das wirklich Gift?«

»Keine Sorge«, krächzte Du. »Die Menschen schmieren sich das auf die Haut und hinter die Ohren, weil sie finden, dass sie sonst stinken. Es ist nicht gefährlich. Du riechst jetzt einfach nur wie ein Mensch. Aber das lässt irgendwann nach.«

Hamlets Herzschlag beruhigte sich wieder.

»Tolle Party«, knurrte Ludwig missmutig. »Hamlet stinkt wie ein Mensch, und sonst gibt's hier rein gar nichts.«

Wütend sah Hamlet den Pavian an. »Als ob das meine Schuld wäre!«

»Streitet euch nicht!«, krächzte Kaka. »Menschen finden das toll hier. Für sie ist das Kaufhaus ihr Paradies, wo es alles gibt, wovon sie sonst nur träumen. Aber für uns ist auch was da! Kommt mit. Das Futter gibt es oben!«

»Ein Glück«, rief Barnabas. »Mir käme der eine oder andere kleine Happen gerade recht!« Er tätschelte Hamlet sanft das Fell. »Los, Hammi, der Geruch wird schon wieder schwächer werden. Jetzt machen wir erstmal unsere Party!«

Kaka und Du flogen voran, und neugierig drang das Wilde Pack weiter ins Kaufhaus vor. Vor ihnen führte eine steile Treppe in die Höhe. Übermütig sprang Barnabas mit einem wilden Satz auf die erste Stufe. Doch kaum hatte er sie berührt, setzte sich die Treppe mit einem Quietschen von selbst in Bewegung.

»Hilfe!« Barnabas hüpfte vor Schreck in die Höhe und landete an einer riesigen Lampe, die von der Decke baumelte. »Die Treppe hat sich bewegt!«, keuchte er.

Ampel kicherte. »Nun seht euch das an. Sogar zu faul zum Laufen sind die Menschen. Ich habe davon im Radio gehört. Das ist eine laufende Treppe! Guck!« Ampel betrat die erste Stufe und ließ sich von ihr in die Höhe tragen. Die anderen sprangen hinter dem Chamäleon her.

»Affenirre! Ich komme!« Barnabas versetzte den Leuchter in Schwung, pendelte einmal hin und her und sprang dann ab. Mit einem mächtigen Donnern landete er dicht hinter Hamlet. Im selben Moment ächzte und quietschte die laufende Treppe, dann blieb sie mit einem Ruck stehen.

»Oh, du grobschlächtiges Fellmonster!« Ampel lief grünlich an. »Musst du eigentlich alles auseinandernehmen?!«

Barnabas sah Ampel von der Seite an. »Die ist bestimmt nicht sehr gut gebaut gewesen.«

Hamlet lachte, knuffte Barnabas mit der Schnauze in die Seite und sprang über Ampels Kopf ins nächste Stockwerk am Ende der Treppe. Hier gab es keine Plastikmenschen und auch keine Glasfläschchen mit Menschengestank. Dafür war alles voller Tüten und Dosen und Päckchen, und es wehte ein wesentlich angenehmerer Geruch durch die Etage. Futter!

»Na endlich, Leute!«, rief Tulpe. »Party!«

»Moment noch!« Hamlet sprang auf einen flachen Tisch in der Nähe und wandte sich den anderen zu. »Ich möchte euch allen etwas sagen! Wir haben heute was Tolles geschafft. Wir haben uns den Kiel für unser Schiff besorgt! Jetzt liegt er in der Kristallhöhe und wartet darauf, dass wir aus ihm unser Freiheitsschiff bauen. Das ist eine große Stunde für das Wilde Pack! Es ist der erste Schritt auf unserem Weg in die Freiheit! Darauf können wir stolz sein. Und deswegen feiern wir jetzt eine Party! Das Wilde Pack lebe hoch!«

»Es lebe hoch!« Barnabas stieß ein mächtiges Brüllen aus. Er nahm Hamlet vom Tisch herunter, warf ihn kurzerhand in die Luft und fing ihn wieder auf. »Das hast du wirklich toll gesagt, Hammi.«

»Ja, wir sollen hochleben!«, quiekte Tulpe. »Und jetzt Party!« Sie sprang in das nächstbeste Regal und stürzte sich sofort auf eine Packung Karamellkekse. Auf dem Bild der Packung sahen die Kekse sehr lecker aus. Doch dabei blieb es leider. So sehr Tulpe die Schachtel, die in Folie verschweißt war, auch mit Zähnen und Krallen bearbeitete, die Packung verformte sich zwar, aber sie ging einfach nicht auf.

»Was ist das denn für ein Trick?«, fiepte sie. Sie versuchte es mit einer Packung Heidelbeertörtchen, die direkt daneben lag, aber das Ergebnis blieb dasselbe. Tulpe sah sich um. Der ganze Raum war voller Futter, aber ausnahmslos alles war eingepackt. Käse und Fleisch befanden sich hinter Glasscheiben. Und Obst und Gemüse waren in Folien und Netze gezwängt. Enttäuscht sah Tulpe die anderen an. »Wieso steckt hier alles in diesen undurchdringlichen Hüllen?«

»Darin bewahren die Menschen ihr Futter auf«, erklärte Kaka, die auf einem riesigen Berg aus Dosen hockte, der in der Nähe der laufenden Treppe aufgebaut war. Er reichte fast bis unter die Decke. Sie winkte die anderen mit dem Flügel zu sich. »Sie packen alles, was sie essen wollen, vorher ein.«

»Aber dann müssen sie es doch wieder auspacken, oder?«, wollte Oskar wissen.

»Natürlich.«

»Und wozu dann der Aufwand?«

»Hm«, überlegte Ampel. »Vielleicht tun sie, was im Sommer und Herbst wächst, da rein, damit sie es für den Winter haben?«

Hamlet nickte. »Gar nicht so dumm«, gab er zu. »Und was ist in diesen Dosen?« Der Wolf schnupperte an den runden Dingern, konnte aber abgesehen von Metall nichts riechen.

Oskar untersuchte sie genauer. »Hier steht was geschrieben, aber ich kann leider nicht lesen. Aber guckt mal, da ist auch was draufgemalt!«

Tatsächlich war auf jeder Dose ein gebratenes Huhn zu sehen, das zusammen mit frischen Kartoffeln in einem Bett aus grünem Brei lag und anscheinend nur darauf wartete, gegessen zu werden.

Shiva seufzte. »Das würde mir schon schmecken. Aber wie kommt man da ran?«

Barnabas kicherte. »Na, anklopfen natürlich!« Er nahm ei-

ne der Dosen und drückte sie fest zusammen. Doch anstatt zu zerplatzen, bekam die Dose nur eine dicke Beule und bog sich in die Länge.

»Nanu?« Barnabas kratzte sich am Kopf.

»Wenn nicht mal Barnabas das schafft – wie kriegen die Menschen dann die Dosen auf?« Fragend sah Shiva die anderen an.

Du setzte sich neben Kaka und nickte Barnabas zu. »Probier es doch mal mit fallen lassen, von hoch oben. Wie mit Nüssen! Vielleicht klappt das.«

»Okay!« Barnabas nickte. Er blickte sich suchend um. Der Dosenberg war das Höchste, was es in der Nähe gab. Also kletterte Barnabas rauf. Er war noch nicht sehr weit gekommen, als er merkte, dass die Dosen alle nur lose aufeinandergestapelt waren. »Heiliger Urwald!« Barnabas keuchte und versuchte, sich irgendwo festzuhalten. Doch es war zu spät. Der gewaltige Berg kam ins Rutschen, und unter den Füßen des Gorillas rollten und kullerten die Dosen los und schossen in alle Richtungen davon. Je mehr Barnabas versuchte, sich festzuhalten, desto mehr Dosen flogen durch die Gegend.

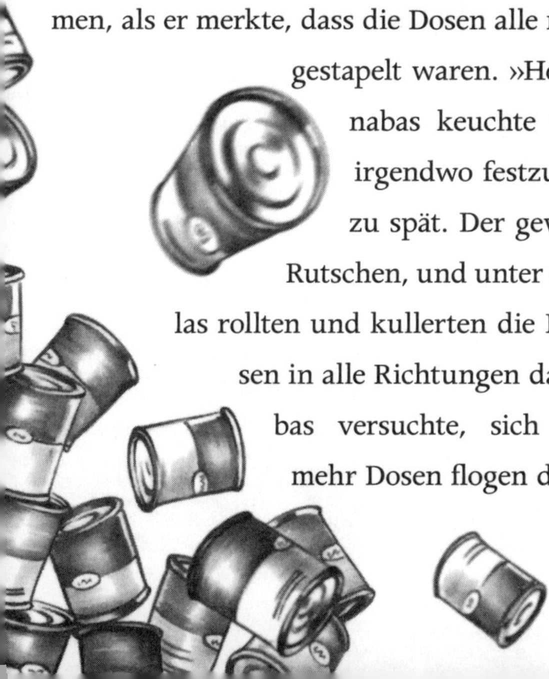

Alle suchten Deckung hinter den Regalen. Die Dosen zischten nur so an ihnen vorbei. Sie zertrümmerten Gurkengläser, zerfetzten Kekspackungen, rissen Folien auseinander, ließen Glasscheiben bersten, brachten Melonen zum Zerplatzen und blieben bebend in Kürbissen stecken. Es knallte und krachte gewaltig, bis der Dosenturm nur noch ein Trümmerhaufen war, in dessen Mitte Barnabas hockte und verlegen grinste. »'Tschuldigung!«

Aber diesmal schimpfte keiner. Im Gegenteil, die anderen achteten kaum noch auf ihn. Denn aus den zerplatzten Verpackungen strömte der Duft nach Futter und ließ allen das Wasser im Munde zusammenlaufen.

»Ha, ha! Erster!«, rief Ludwig und stürzte sich auf einen kaputten Joghurtbecher.

Nun kannte das Wilde Pack kein Halten mehr. Mit lustigem Geschnatter, Geschrei und Gebrüll machten sie sich über die Leckereien her. Oskar schlabberte an einer aufgerissenen Fischdose herum, Shiva kam durch das zerbrochene Glas an die Fleischtheke heran, und Kaka und Du freuten sich über eine geplatzte Tüte Müsli. Barnabas machte sich einen Spaß daraus, weitere Dosen durch die Gegend zu pfeffern, damit sie an noch mehr Futter herankamen. Dabei platzte sogar eine davon auf, und etwas Grünes quoll heraus.

Ludwig machte sich sofort darüber her, aber seine Begeisterung währte nur ein paar Sekunden. »Aber da ist ja gar kein Huhn drin! Das ist nur grüner Schleim!« Wütend schleuderte er die Dose von sich.

Kurzentschlossen bückten sich die beiden Ziegen und nahmen die Dosen auf die Hörner. Sie rammten ein Loch in die Hülle und drückten sie dann fest gegen eine Tischkante. Das grüne Zeug floss ihnen über die Schnauzen. Sie mochten es ziemlich gern.

Barnabas hatte keine Lust mehr auf die Dosenschlacht. Er sprang mitten in das Gemüse und futterte sich einmal quer durch alles hindurch. Fünfzehn Paprika, drei Salatköpfe, zwei Kilo Äpfel, einen Korb Birnen, zwei Netze Apfelsinen, vier Gurken und ein halbes Dutzend Zucchini. Später hatte er nur noch ein ganz kleines bisschen Appetit. Er widmete sich der Süßigkeitenabteilung, in der Ampel schon die ganze Zeit hockte. Hoffentlich hatte er noch nicht alle Gummibärchen verdrückt!

7. Kapitel

Während die anderen ausgelassen futterten, machte Oskar sich aus dem Staub. Schließlich hatte er noch etwas anderes vor, solange sie im Kaufhaus waren. Er watschelte zur laufenden Treppe und ließ sich von einer Etage in die nächste tragen, bis er endlich gefunden hatte, was er suchte. Bücher!

Staunend wanderte Oskar durch die stille, dunkle Abteilung. Er hatte gehofft, vielleicht zehn oder zwanzig Bücher zu finden. Aber es waren tausende! Sie standen in Regalen, lagen auf Tischen, waren zu riesigen Türmen aufgestapelt. Es war wunderbar!

Ampel hatte gesagt, dass in den Büchern Wissen aufbewahrt wurde. Und Oskar glaubte sogar, dieses Wissen riechen zu können. Seine Nase war zwar längst nicht so fein wie die von Hamlet oder Shiva, aber irgendwie roch es hier ganz besonders. Oskar mochte den Buch-Duft. Er beflügelte ihn. Aber gleichzeitig war er auch vollkommen ratlos. Es waren so unendlich viele Bücher! Wo sollte er nur anfangen zu suchen?

Wahllos kletterte auf einen der Stapel hinauf und schlug mit dem Schnabel ein Buch auf.

Buchstaben. Nichts als Buchstaben. Einer nach dem anderen, endlose Seiten voll. Und Oskar konnte keinen davon lesen.

Er nahm sich das nächste Buch vor, aber obwohl das von außen ganz anders aussah, bot sich innen genau das gleiche Bild: ein Meer von Buchstaben, nichts weiter. Irgendwie hatte er gehofft, eine Bildergeschichte zu finden, so wie damals in der Kirche, als die bunten Fenster die Geschichte von dem großen Schiff mit den vielen Tieren erzählt hatten. Aber hier waren keine Bilder, kein einziges. Damit konnte er überhaupt nichts anfangen.

»Na, du entenschnabeliges Wunderwesen«, sagte eine knarzige Stimme in der Nähe. Oskar wandte sich um. Am Fuße des Bücherstapels saß Ampel.

»Hallo, Ampel«, sagte Oskar überrascht. »Hast du keinen Hunger mehr?«

»Die anderen toben jetzt durch die Bettenabteilung. Der ganze Raum ist voller Federn! Und diese sinnlose Energieverschwendung ist nur was für Pelzmäntel«, meinte Ampel.

»Sag mal, Ampel, du weißt doch so viel – kannst du vielleicht auch lesen?«

Das Chamäleon schüttelte den Kopf. »Lesen – das ist ein großes Geheimnis, das nur die Menschen beherrschen.«

Traurig senkte Oskar den Schnabel. »Schade. Aber was machst du denn dann hier?«

»Ich wollte mich mal umschauen nach Büchern über Schiffe. Schaden kann es nicht, weißt du.«

»Aber wenn du doch nicht lesen kannst ...«

»Muss ich doch nicht, wenn ich ein Buch mit Bildern finde.«

Oskars Stimmung wurde gleich besser. Es gab also doch Bücher mit Bildern! Er musste sie nur finden!

Aufgeregt kletterte er hinunter, und nun begannen die beiden, die Tische und Regale nach Bilderbüchern zu durchforsten. Am besten natürlich welche mit Schiffen und welche mit Tieren. Innerhalb kürzester Zeit sah es in der Buchabteilung so aus, als wäre auch hier ein Dosenturm zusammengekracht. Ein paar der Bücherstapel waren umgekippt, und überall lagen aufgeschlagene Bücher herum.

Endlich wurden sie fündig. In einer Ecke gab es ganz viele Bücher mit Bildern. Ampel schlug die Seiten mit seiner klebrigen Zunge um und suchte nach Bildern von Schiffen. Derweil blätterte Oskar in ein paar anderen und fand schließlich ein sehr eigenartiges Exemplar. Darin

waren ziemlich viele Tiere abgebildet. Doch das war noch nicht alles.

Auf der ersten Seite saß ein Affe, und daneben stand ein einzelner Buchstabe, der aussah wie ein Dach mit einem Strich durch. Darunter war ein kurzes Wort geschrieben, das auch wieder mit dem Dach anfing.

Oskar überlegte. Dieses Dach mit dem Strich, war ganz sicher ein Buchstabe. Und aus Buchstaben bildete man Wörter. Aber gab es einen Zusammenhang zwischen dem Buchstaben und dem Affen?

»Affe«, sagte Oskar langsam und blickte wieder auf den Buchstaben. Er stand so allein da. Er musste etwas mit dem Affen zu tun haben!

Er wollte gerade weiterblättern, da kam auch Caramba angehüpft. Der tintenblaue Frosch war immer noch ganz gesprenkelt von dem grünen Dosenzeug. Aber Oskar achtete kaum darauf. »Caramba!«, rief er. »Guck mal, was ich hier entdeckt habe! Ich frage mich gerade, ob ich nicht vielleicht doch lesen lernen könnte. Ampel meint, Tiere können das nicht, aber ich weiß nicht ... ich habe das Gefühl, ich bin schon ziemlich nah dran.« Er blätterte weiter. Auf der nächsten Seite war ein Biber zu sehen. Und daneben stand wieder ein einzelner Buchstabe, der aber diesmal ganz anders aussah. Plötzlich kam Oskar ein Gedanke – ein Affe und ein Biber! Vielleicht war ja auch ein Bild von ihm selbst drin!

Aufgeregt blätterte er das ganze Buch durch. Er fand ein Bild von Hamlet und eins von Barnabas. Aber er selber war leider nicht dabei. Dafür aber Caramba.

»Caramba!«, rief der Frosch, als er das Bild von sich sah, und hüpfte aufgeregt von der linken auf die rechte Seite. Da war wieder ein großer Buchstabe zu sehen. Der kam Oskar bekannt vor. Er blätterte schnell zurück zu dem Affen. Genau, da war er wieder, dieser Buchstabe: ein gerader Strich mit zwei kleineren Strichen, die nach rechts abzweigten. Gleich hinter dem Dach-Buchstaben.

Oskar blätterte wieder vor.

»Caramba!«, wiederholte Caramba, aber Oskar schüttelte den Kopf.

»Nein, ich glaube nicht, dass das Buch deinen Namen kennt. Und schau mal, der Frosch hier ist grün, nicht blau. Was das Buch meint, ist: Das ist ein Frosch. Frosch. Affe. Ffffffrosch. Affffffe. Merkst du was, Caramba? Da kommt beide Male dieses fffff drin vor. Bei Frosch am Anfang, bei Affe in der Mitte!« Oskar hämmerte heftig mit dem Schwanz auf den Boden. Er war plötzlich ganz aufgeregt. Lesen! Das war Lesen! Man musste bloß die Buchstaben aneinanderreihen, total einfach eigentlich! Und was die Buchstaben bedeuteten, das stand in diesem Buch. F wie Frosch. A wie Affe. W wie Wolf. G wie Gorilla.

»He, Oskar!«, rief Ampel von der anderen Seite der Buchabteilung. »Schau mal, ich habe hier was mit Schiffen gefunden!«

»Keine Zeit!«, rief Oskar zurück und rührte sich nicht von der Stelle. »Ich lerne gerade lesen!« Und dann vertiefte er sich wieder mit voller Begeisterung in die Bilder und Buchstaben.

Bilder. Buchstaben. Biber. B.

Oskars Herz schlug schneller.

Während Oskar, Ampel und Caramba sich hinter Büchern verkrochen hatten und die anderen in der Möbelabteilung herumtobten, hatte es Ludwig in eine entlegene Ecke des Kaufhauses verschlagen.

Er verspürte keine Lust, mit den anderen herumzutollen. Die mochten ihn ja doch nicht, und die blöde Party wegen des Kiels ging ihm auf die Nerven. Ludwig wollte sowieso kein Schiff bauen. Er wollte auch nicht wegfahren, um dann wieder alleine zu sein. Was dachten die anderen überhaupt, was sie woanders in der Welt finden würden!? Freiheit, pah! Was sollte man denn damit anfangen? Alles, was Ludwig wollte, waren Futter und Sicherheit. Und mit den anderen zusammen war das leichter zu bekommen, als ganz alleine. Ludwig wäre besser im Paradies geblieben, wie er es von Anfang an vorgehabt hatte. Okay, er hatte sich satt gefressen, aber ansonsten machte ihm dieses Kaufhaus überhaupt keinen Spaß. Vielleicht sollte er einfach wieder gehen. Er würde schon allein zurückfinden.

Unzufrieden streunte Ludwig zwischen den Regalen umher, riss ein paar Gläser heraus und sah zu, wie sie auf dem kalten Steinboden zersprangen und ihren schleimigen, bunten Inhalt überall verspritzten. Dann versuchte er, ein ganzes Regal umzuschmeißen, aber das war zu schwer.

Hier musste es doch was Spannenderes geben als diese doofen verpackten Lebensmittel und irgendwelche Polster, auf denen man herumhüpfen konnte! Der Pavian sprang über das nächste Regal zu einer der Fahrtreppen und lauschte ins nächste Stockwerk. Zu hören war nichts, also hüpfte Ludwig auf die Treppe und ließ sich nach oben tragen.

Auf allen vieren schlich er weiter. In diesem Stockwerk gab es nichts zu essen. Auch keine Möbel. Stattdessen war alles voll mit glänzenden Kisten. Einige waren klein und silbern, andere groß und schwarz mit einer Seite aus dunklem Glas. Überall waren Knöpfe dran, die man drücken oder drehen konnte. Ganze Wände standen voll mit diesen dunklen Glasscheiben, aber hinter dem Glas war nichts zu sehen.

Auch langweilig, dachte Ludwig, und wollte schon wieder gehen, da fiel sein Blick auf einen großen roten Knopf, der sich etwas abseits von den schwarzen Kisten an einer Betonsäule befand. Hatten Oskar und Shiva nicht immer irgendwas von roten Knöpfen erzählt? Rote Knöpfe schienen in der Menschenwelt wichtig zu sein. Wenn man sie drückte, passierte immer etwas, womit man nicht rechnete. Genau das, was Ludwig jetzt wollte. Also drückte er drauf.

Plötzlich flackerte die Wand, die nur aus Kisten mit schwarzen Scheiben bestand, auf. Die schwarzen Scheiben verwandelten sich in bunte Bilder. Bilder in allen möglichen strahlenden Farben.

Bilder, die sich *bewegten!*

Ludwig machte einen Satz zurück und fletschte die Zähne. Einige der Bilder zeigten Menschen! Und ein paar davon starrten ihn direkt an! Sie bewegten die Lippen, aber Ludwig hörte ihre Stimmen nicht. Genau genommen war gar nichts zu hören. Die Bilder waren stumm.

Ein paar Sekunden lang blieb Ludwig alarmiert, aber dann wurde ihm klar, dass die bewegten Bilder ungefährlich waren. Sie reagierten gar nicht auf ihn, egal was er tat. Ludwig blickte sich um. Die ganze Abteilung war nun vom Widerschein der flimmernden Kisten erhellt, aber er war immer noch allein. Ludwig stützte sich auf die Vorderpfoten und schwang sich vorsichtig näher. Die Menschen auf den Bildern waren ziemlich klein. Selbst wenn sie ihn sehen würden, wären sie keine Bedrohung für ihn. Ludwig lachte. So kleine Menschen! Die konnten ihm ja gar nichts tun!

Langsam strich er von einem Bild zum nächsten. Alle waren verschieden, auf den meisten liefen Menschen hin und her oder redeten, auf einigen fuhren auch Autos herum. Ludwig begriff langsam, dass die Autos nicht wirklich in den flimmernden Kisten herumfuhren. Sie fuhren ganz woanders umher. Die flimmernden Kisten waren wie Fenster, durch die man an einen ganz anderen Ort schauen konnte. Womöglich sogar in eine andere Zeit. Das war zwar irgendwie faszinierend, aber andererseits auch ganz klar purer Menschenkram. Ludwig hatte ein ungutes Gefühl, so lange da draufzustarren. Irgendwie wurde ihm davon leicht übel.

Er wollte sich schon abwenden, als er eine der letzten Flimmerkisten erreichte – und wie gebannt stehen blieb. Hinter der Glasscheibe waren Felsen zu sehen. Braune und graue Felsen unter sengender Sonne. In der Nähe standen Bäume, die ganz anders waren als die Bäume, die es hier in der Stadt gab. Und hohes, gelbes Gras.

Ludwig stockte der Atem. Er *kannte* diese Felsen! Und er hatte auch diese Bäume und dieses Gras schon einmal gesehen! Diese Bilder waren wie ein sehr, sehr fernes Echo seiner eigenen Erinnerung.

Und nun traf ihn beinahe der Schlag: Das Bild zeigte nicht nur Felsen und Bäume und Gräser – sondern auch Affen! Sie kletterten auf den Felsen herum, und ihre roten Hinterteile leuchteten in der Sonne. Paviane! Auf dem Felsen wimmelte es von Pavianen! Das waren seine Brüder und Schwestern, und die Felsen und Bäume waren seine Heimat! Konnte das denn sein? Wo blickte er da nur hin?

Ludwig spürte, wie tief in seinem Innern eine Tür aufgestoßen wurde, die tief in seine Vergangenheit führte. Ludwig war in Freiheit geboren worden, aber er konnte sich kaum noch daran erinnern. Er war so klein gewesen, dass er nur noch wenige verschwommene Bilder von damals vor Augen hatte. Die Felsen und Bäume gehörten dazu. Und da waren noch mehr Erinnerungen, aber Ludwig kam nicht richtig heran. Sie waren wie ein Wort, das einem auf der Zunge lag und das einem trotzdem nicht einfallen wollte.

Die Bilder von seiner Heimat und seinen Artgenossen erfüllten Ludwig mit einem Frieden, wie er ihn noch nie zuvor gespürt hatte. Das war sein Zuhause! Es war, als könnte er die Sonne auf seinem Fell spüren, das Kreischen und Lachen seiner Familie hören, als würde er sich selbst den Affenfelsen hinaufschwingen und bis zum endlos weiten, braungrünen Horizont blicken.

War es das, wovon die anderen immerzu sprachen – Heimat? Waren sie aus diesem Grund so besessen von ihrem Schiff? Weil sie alle tief in ihrem Innern das Gleiche fühlten wie er jetzt? Dann war das mit dem Schiff ja vielleicht doch keine so blöde Idee. Wenn man damit wirklich wieder dorthin zurückkehren konnte, wo man eigentlich hingehörte ...

Ludwig wurde ganz ruhig und gleichzeitig ganz aufgeregt.

Er sehnte sich so sehr nach diesen Felsen und der heißen Sonne! Das Paradies, die Stadt, die Welt der Menschen – das war kein Ersatz. Er wollte zu den Felsen! Unbedingt! Und wenn man dafür ein Schiff bauen musste – dann würde er eben ein Schiff bauen.

Ludwig sah sich schon über die Weltmeere in Richtung Heimat segeln, als sich das Bild in dem schwarzen Kasten plötzlich änderte. Es waren immer noch Paviane zu sehen, aber sie kletterten nicht mehr über heiße Felsen und zwischen Bäumen umher. Sie steckten in Netzen, die jemand in den Bäumen versteckt hatte. Oder sie hatten sich in heimtückischen Schlingen verfangen. Und dann hockten sie plötzlich in winzigen Käfigen, dicht an dicht gedrängt. Sie hatten nicht einmal Platz, sich einmal um die eigene Achse zu drehen. Die Käfige standen an einer staubigen Straße. Menschen gingen auf und ab. Manchmal blieben sie vor den Käfigen stehen und tauschten Geldscheine aus, und dann wurde einer der Paviane an einer Leine aus dem Käfig gezerrt und dem Menschen übergeben.

Ludwig fletschte die Zähne und kreischte. Die Paviane hatten schreckliche Angst! Sie wehrten sich, aber es half nichts. Er wollte ihnen helfen und streckte die Hand nach seinen Brüdern und Schwestern aus. Aber seine Finger berührten nur kaltes Glas. Ein anderer Ort, fiel es ihm ein. Vielleicht sogar eine andere Zeit.

Starr vor Entsetzen schaute er dem schrecklichen Treiben weiter zu. Es war grauenhaft, seine Artgenossen so leiden zu sehen. Aber trotzdem konnte er seinen Blick nicht von diesen Bildern abwenden.

Und plötzlich kam auch der Rest seiner Erinnerungen wie von einer großen Welle getragen zurück. Ludwig erinnerte sich nicht nur an den Felsen und die Bäume. Er erinnerte sich auch an den Käfig.

Ludwigs Gedanken verdüsterten sich. Wenn er mit einem Schiff in die Heimat zurückkehren würde, dann erwarteten ihn eine heiße Sonne und warme Felsen und der kühle Schatten der Steppenbäume. Aber dann würden die Menschen kommen mit ihren Schlingen und Netzen. Und sie würden ihn in einen Käfig stecken und verkaufen, wie sie es schon einmal gemacht hatten; mit ihm und seiner Mutter.

8. Kapitel

Einige Stunden später, als der graublaue Schimmer der Dämmerung durch die Fenster drang, machte Hamlet sich auf den Weg. Er rannte mit einem lauten Wolfsheulen einmal durch das ganze Kaufhaus, um alle Tiere wieder zusammenzutrommeln. Das Wilde Pack hatte sich über alle Abteilungen verstreut. Aber nun mussten sie aufbrechen und ins Paradies zurückkehren, bevor die Menschen kamen.

Als sie an der gläsernen Brücke zusammentrafen, trugen alle etwas bei sich. Die meisten hatten noch einmal einen Abstecher in die Futterabteilung gemacht und sich ein paar Leckereien mitgenommen, gerade so viel sie tragen konnten. Barnabas hatte sogar einen ganzen Sack mit Futter vollgestopft und fragte sich langsam, wie er den nach Hause transportieren sollte. Schließlich musste er auch noch alle seine Freunde tragen, die nicht selber klettern konnten.

Oskar dagegen trug nur sein Buch im Schnabel. Es erschien ihm wie sein wertvollster Schatz, und er wollte es unbedingt mitnehmen, um weiter daraus zu lernen.

Ampel wiederum hatte große braune *Knäuel* auf seinem Schwanz aufgereiht und schleifte sie umständlich hinter sich her.

»Was ist das denn alles?«, wollte Shiva wissen und beäugte misstrauisch das Durcheinander.

»Jede Menge Seil und Schnur«, verkündete Ampel stolz. »Ich habe ein Buch mit Bildern von Schiffen gefunden, und da ist mir aufgefallen, wie viel Seil wir brauchen werden. Kilometerweise wahrscheinlich! Also habe ich welches gesucht und gefunden. Wäre nur nett, wenn jemand von euch mir tragen helfen könnte.«

Die beiden Ziegen, die nie etwas sagten, eilten sofort zu Hilfe und nahmen die großen *Knäuel* auf die Hörner.

»Sind wir vollzählig?«, fragte Hamlet in die Runde. Alle waren da: die meisten satt und glücklich, einige noch ganz aufgedreht von ihrer ersten Party, andere schon etwas müde. Ludwig war auffallend still. Er stänkerte nicht ein einziges Mal.

Zusammen traten sie den Rückzug an. Das nach Gummi riechende, leere Haus war immer noch leer. Der Mann schlief immer noch in seinem Glashäuschen. Und der kleine Kasten mit dem Glasauge und dem roten Lämpchen surrte immer noch hin und her. Kurz darauf waren die Tiere auf dem Dach angelangt. Im blassen Licht der Dämmerung machten sie sich durch die langsam erwachende Stadt auf den Weg zurück ins Paradies.

Eine halbe Stunde später waren die Tiere wohlbehalten zurück in ihrem Versteck. Roswitha ließ sich alles genau erzählen und freute sich über den Salat, den Barnabas ihr mitgebracht hatte.

Tulpe leckte sich ein paar letzte Krümel aus dem Fell und zupfte eine Feder weg, die noch vom Spielen in der Bettenabteilung an ihr haftete. »Na, Leute, war das ein Fest?«

»Ja!«, seufzte Barnabas wohlig. »Müssten wir wirklich öfter machen. Vielleicht einfach nach jedem Stück, das wir uns für unser Schiff besorgen.« Er brummte zufrieden und kuschelte sich mit einigen Kilo Bananen in eine Ecke.

Auch die anderen rollten sich zum Schlafen zusammen.

»Das war eine tolle Party!«, schnurrte Shiva auf ihrer Treppe. »Es war zwar meine erste, aber ich glaube, ich könnte eine richtige Partymieze werden!« Ihre bernsteinfarbenen Augen funkelten ein letztes Mal, bevor sie sie schloss.

Nach und nach schliefen alle ein.

Der Einzige, der überhaupt nicht müde war, war Oskar. Während alle anderen schnauften und schnarchten, steckte er seinen Schnabel in seinen neuen Schatz. Immer wieder blätterte er die Seiten in seinem Buch hin und her und murmelte dabei aufgeregt vor sich hin. Schlafen? Das konnte er auch, nachdem er Lesen gelernt hatte!

Am nächsten Morgen war Oskar noch genauso wach. Doch obwohl die anderen immer noch schliefen, konnte er nun nicht mehr an sich halten. »Es klappt! Es klappt! Es klappt!«, rief er, und seine Freudenschreie hallten durch das Paradies und weckten ein paar andere Tiere auf.

»Halt den Schnabel!«, fauchte Ludwig und drehte sich um, um weiterzuschlafen. Er hatte eine furchtbare Nacht voller Alpträume hinter sich. Immer wieder war er verfolgt und gefangen und in einen Käfig gesteckt worden. Im Traum hatte er auch seine Mutter gesehen. Die Menschen hatten sie als Erste erwischt, und sie hatte ihm zugerufen: »Lauf weg, mein Sohn, lauf so schnell du kannst in die Freiheit!« Aber er wollte doch gar nicht weglaufen! Er wollte zu ihr und bei ihr bleiben. Und deswegen waren sie zusammen gefangen worden.

Das hatte ihn jedes Mal aus dem Schlaf gerissen. Er fühlte sich vollkommen gerädert. Und jetzt krähte auch noch dieser kleine Watschelschnabel durch die Gegend und gab keine Ruhe!

Aber Oskar hörte nicht auf zu jubeln und drehte dabei eine Runde über den Paradiesplatz, um zu sehen, ob irgendjemand wach war. Aber Shiva schnurrte noch immer friedlich, Hamlets Hinterläufe zuckten nur im Traum, Barnabas war gar nicht erst aufgewacht, und Roswitha hatte sich in ihren Panzer zurückgezogen. Nur Tulpe hatte die Augen halb geöffnet. Dafür funkelte sie Oskar wütend an, weil er sie geweckt hatte, so dass er lieber einen Bogen um sie machte.

So ein Mist! Er musste doch jemandem von seiner Entdeckung erzählen! Ampel, dachte er plötzlich. Ampel würde sich dafür interessieren. Aber das Chamäleon war weit und breit nicht zu sehen. Das wunderte Oskar nicht. Ampel hielt sich nur noch selten im Paradies auf. Die meiste Zeit war er in der Kristallhöhle. Er schlief sogar ab und zu am Windschacht, weil es dort so schön warm war.

Eilig klappte Oskar sein Buch zu, watschelte damit zu seinem Gully und sprang in das kühle Wasser. Seit Hamlet und die anderen den unterirdischen Fluss entdeckt hatten, war auch Oskar etwas mutiger geworden und hatte seine Gully-Unterwasserwelt weiter erkundet. Zielstrebig nahm er eine Abzweigung nach der nächsten und tauchte immer weiter hinab. Auf diesem Weg gelangte er innerhalb kürzester Zeit in die Nähe des Treibsandsees. Ein offenes Abflussrohr spuckte ihn in ein kleines Becken. Mit lautem Platschen stürzte Oskar hinein, watschelte an Land, lief zum Treibsandsee und ließ sich von ihm in die Tiefe ziehen. Kurz darauf tauchte er im unterirdischen Fluss schon wieder auf.

Die Kristallhöhle schimmerte schwach in blassgrünem Licht. In der Nähe des Schiffskiels war es am hellsten. Oskar entdeckte die kleine Gestalt von Ampel. Die beiden Ziegen, die nie etwas sagten, waren bei ihm. Oskar paddelte auf sie zu, watschelte an Land, spuckte sein Buch aus und rief: »Ampel! Ampel! Gut, dass du da bist!« Oskars Rufe brachte die Kristalle stärker zum Leuchten und fügten dem zarten Flaschengrün einen türkisen Schimmer hinzu.

Ampels Farbe stellte sich langsam darauf ein, doch das Chamäleon drehte sich nicht zu ihm um. Sein rechtes Auge war auf das Modellschiff gerichtet, sein linkes auf den Kiel, der auf den Felsen ruhte, und er murmelte vor sich hin. »Schwierig, schwierig, schwierig ... wirklich schwierig das alles. Hm ... wie soll ich bloß ... schwierig.«

»Ampel, ich muss dir unbedingt was erzählen!«, rief Oskar aufgeregt und klappte sein Buch auf. Zwischen den nassen Seiten klebte ein Stück von einer Zeitung, das er im Paradies gefunden hatte. »Ich kann lesen! Wirklich richtig

lesen! Na ja, vielleicht noch nicht besonders gut, aber ich habe das jetzt verstanden mit den Buchstaben und so! Die muss man aneinanderhängen, und wenn man erst mal verstanden hat, was welcher Buchstabe bedeutet, dann ... Weißt du was, ich führe es dir einfach vor!« Oskar blinzelte auf die kleine Schrift der Zeitungsseite und las langsam und konzentriert: »Vorhersage. Am Vormittag vielerorts Sonne, gegen Nachmittag zieht lockere Bewölkung auf. Es bleibt jedoch trocken. In den nächsten Tagen wenig Wetteränderung.« Er blickte auf. »Ist das nicht super?«

»Dass das Wetter so bleibt?«, fragte Ampel abwesend. Er hatte gar nicht richtig zugehört. »Ja, toll. Aber weißt du, ich bin ja nicht so oft unter freiem Himmel, und hier unten kümmert's mich ehrlich gesagt nicht, ob es regnet oder schneit oder –«

»Ampel!«, rief Oskar wütend. »Ich kann lesen!«

Aufgeschreckt drehte Ampel sich nun doch noch um. »Du kannst was?«

»Lesen! Jetzt guck doch mal!« Wieder steckte er seinen Schnabel in die Zeitung und las die Wettervorhersage ein zweites Mal vor. »Ich weiß zwar nicht genau, was das bedeutet, aber ... ich hab's richtig gelesen.«

»Hui«, staunte Ampel, nun ernsthaft beeindruckt. »Das ist wirklich eine tolle Leistung, Oskar! Ich dachte immer, Tiere könnten das nicht. Aber du hattest ja schon immer ein Talent für Bilder und Zeichen. Meinst du, du könntest mir das auch beibringen?«

»Na klar, es ist ganz einfach!« Oskar fing an, Ampel sein Buch zu erklären. Automatisch versuchten die Muster auf Ampels schuppiger Haut, Buchstaben zu bilden, aber sie zerfielen immer wieder zu bunten Flecken. Schon nach kurzer Zeit schwirrte Ampel der Kopf. Er konnte sich diese Buchstaben einfach nicht merken.

»Nein, nein, das ist nichts für mich, glaube ich. Schade, wirklich sehr schade. Vielleicht könnte ich sonst in einem Buch eine Antwort auf mein Problem finden.«

Oskar hatte das Gefühl, dass er nun auch Ampel ein bisschen zuhören musste. »Was hast du denn für ein Problem?«

Ampel deutete mit seiner Schwanzspitze auf das Modellschiff, dann auf den Schiffskiel, auf dem gerade die beiden Ziegen herumbalancierten. »Das Schiff. Ich frage mich, wie es weitergehen soll. Als Nächstes kommen da so ganz viele Holzrippen dran. Wir werden nichts schrauben oder hämmern, denn dazu bräuchten wir mehr Hände. Stattdessen werden wir alles mit Löchern, Zapfen, Knoten und Schnur machen.«

»Aber Löcher in einem Schiff?«, rief Oskar. »Da kommt doch Wasser durch!«

»Natürlich werden wir jedes Loch am Ende mit Teer und Öl wasserdicht verschmieren.«

»Und Knoten und Schnur? Braucht man dafür nicht auch Hände?«

»Entweder Hände – oder die großen Haudinis!«, rief Ampel triumphierend.

»Haudinis?«, fragte Oskar. »Wer soll das denn sein?«

»Na, die da!«

Wie auf Kommando sprangen die beiden Ziegen heran. Oskar sah, dass sie immer noch ein bisschen Schnur um die Hörner gewickelt hatten. »Ich habe sie so getauft«, erklärte Ampel. »Haudini war so ein Wahnsinnszauberkünstler, der konnte Knoten in Seile machen und wieder verschwinden lassen, dutzendweise. Habe ich im Radio gehört. Und die beiden können das mit ihren Hörnern auch – ein faszinierendes Schauspiel!«

Die Ziegen nickten stolz.

»Sie sind echte Seilkünstler! Sie können jedes Brett mit jedem anderen so fest verknoten, dass es wirklich hält! »

»Na, dann ist doch alles prima!«, freute sich Oskar. »Wo ist jetzt das Problem?«

Ampel wurde schlagartig ein paar Schattierungen dunkler. »Auf eine Frage habe ich immer noch keine Antwort gefunden: Wie bringen wir das Holz in Zukunft auf die richtige Länge und in die richtige Form? Da können mir die Haudinis nicht weiterhelfen. Und auch sonst niemand. Ich kenne kein Tier, das mit einer Säge umgehen kann. Oder einem Hobel.«

»Tja«, murmelte Oskar und watschelte ratlos an dem Schiffskiel auf und ab. »Da weiß ich auch keinen Rat.«

»Und dein Buch?«, erkundigte sich Ampel. »Steht da nicht was drin?«

»So ein Buch weiß auch nicht alles«, meinte Oskar. »Dieses hier weiß sogar ziemlich wenig. Es kennt bloß sechsundzwanzig Tiere, mehr nicht.«

»Hm.« Ampel warf einen Blick auf die Seiten und blätterte ein bisschen herum. Oskar hatte recht, viel gab das Buch nicht her. Und über Schiffe oder Holz schon gar nicht.

Doch plötzlich fiel Ampels Blick auf das Bild mit dem Biber, und seine Haut begann zu flackern.

»B wie Biber«, erklärte Oskar, weil er dachte, dass Ampel es vielleicht doch noch mal mit dem Lesen versuchen wollte.

Aber Ampel interessierte sich kein bisschen für die Buchstaben. Er interessierte sich für das Bild. »Biber!«, rief er, und die Kristalle flammten golden auf. »Das ist es! Biber!«

»Äh …«, machte Oskar, und auch die Haudinis warfen irritierte Blicke herüber.

»Oskar! Das ist es!«, erklärte

Ampel aufgeregt. »Dich und dein Buch schickt die Große Echse! Genau im richtigen Moment. Biber bauen Dämme! Sie fällen Bäume mit ihren scharfen Zähnen! Und dann bearbeiten sie das Holz so lange, bis es genau so ist, wie sie es brauchen. Und das bedeutet ...« Ampels Augen funkelten golden im Widerschein der Kristalle.

»Das bedeutet?«, fragte Oskar.

»Das bedeutet, dass *wir* Biber brauchen!«

9. Kapitel

»Biber?«, wiederholte Hamlet, als sich wenig später alle Tiere im Paradies versammelt hatten. Inzwischen waren alle ausgeschlafen.

»Biber!«, bestätigte Ampel. »Das sind die einzigen Tiere, die mit Holz umgehen können. Wenn es uns gelänge, ein paar Biber für unsere Idee zu begeistern, dann wären wir einen großen Schritt weiter mit dem Schiff!«

»Im Zoo gibt es Biber«, meinte Barnabas. »Und wenn wir früher oder später sowieso alle Tiere aus dem Zoo befreien wollen, können wir doch eigentlich schon ein bisschen damit anfangen, oder?«

Hamlet warf einen Blick in die Runde. Tulpe, Roswitha, Kaka und Du – sie alle hatten wieder dieses Leuchten in den Augen. In diesen Momenten durchströmte eine solche Energie das Wilde Pack, dass Hamlet es manchmal gar nicht fassen konnte. Selbst Ludwig, von dem er schon ganz automatisch eine Stänkerei erwartet hatte, verhielt sich ruhig. Vielleicht hatte der Pavian endlich eingesehen, dass das mit

dem Schiff eine tolle Idee war. Womöglich wollte er inzwischen selber in seine Heimat zurückkehren, traute sich aber noch nicht, das zuzugeben.

»Schön«, sagte Hamlet. »Befreien wir also die Biber!«

Für die Biber-Befreiungsmission meldeten sich Shiva, Barnabas, Tulpe und Hamlet, die schnellsten und wendigsten unter ihnen. Sie warteten bis zum Einbruch der Nacht, verließen das Paradies und machten sich über die Dächer der Stadt auf den Weg zum Zoo. Die Nacht war so klar wie die letzte, aber vielleicht noch etwas kälter. Der erste Frost lag in der Luft. Der Winter näherte sich mit großen Schritten.

Schließlich blickten sie auf das nächtliche Zoogelände hinab, und Hamlet hatte plötzlich einen Kloß in der Kehle. Auf einmal wusste er, wie Barnabas sich vor zwei Tagen gefühlt haben musste. Jetzt erging es Hamlet nicht anders, als er an die Tiere dachte, die immer noch da unten gefangen waren. Barnabas hatte mit allem recht gehabt. Das Riesenschiff war eine gute Idee gewesen.

Für einen Moment breitete sich Schweigen unter ihnen aus. Alle dachten an die vielen Aufgaben, die noch vor ihnen lagen, wenn sie die Zootiere wirklich befreien wollten. Und so merkten weder Hamlet noch Barnabas, weder Shiva noch Tulpe, dass sie beobachtet wurden.

Ein paar Dächer weiter hockte Ludwig hinter einem Schornstein. Er hatte einen günstigen Moment abgewartet, in dem niemand auf ihn geachtet hatte. Das war nicht weiter schwer gewesen, wann achtete schon mal jemand auf ihn? Dann war er den anderen gefolgt. Auch er fühlte sich, als hätte er einen dicken Kloß im Hals. Aber aus ganz anderen Gründen als Hamlet. Dieses Schiff, von dem die Tiere seit Wochen redeten, durfte niemals gebaut werden. Er würde auf gar keinen Fall in seine schreckliche Heimat fahren, um sich wieder in einen Käfig sperren zu lassen. Und wenn die anderen ohne ihn abhauten, dann wäre er wieder ganz allein.

Er *musste* den Bau dieses Schiffs verhindern!

Ludwig schlich an den Rand des Dachs. Er sah, wie die anderen hinunterkletterten, den Zaun überwanden und auf einen Spielplatz mitten im Zoo zuliefen. Dort mussten die Biber sein. Er hatte die anderen darüber reden hören. Es wurde Zeit zu handeln.

Ludwig kletterte an der Hausfassade hinab. Im Schutz der Dunkelheit überwand er den Zaun, der den Zoo umgab.

Der Pavian war noch nie hier gewesen. Die vielen Gerüche um ihn herum verwirrten ihn. Hier und da drangen unheimliche Geräusche an seine Ohren.

Ludwig versuchte, sich nicht davon ablenken zu lassen. Die Tiere in den Käfigen und Gehegen konnten nichts für ihn tun. Er brauchte andere Hilfe.

Er musste das Lebewesen finden, vor dem das Wilde Pack wirklich Angst hatte. Dann würden die anderen schon abhauen. Und wie der Zufall es wollte, befand sich dieses Lebewesen hier im Zoo. Es war auch ganz einfach zu finden. Ludwig musste nur dem Geruch nach Gier mit einer Prise Grausamkeit folgen.

Zoodirektor Müller schenkte sich eine Tasse Kaffee nach. Er musste wach bleiben. Um jeden Preis. Sonst entwischten sie ihm wieder. Er saß in seinem Büro, von dessen Fenster aus er fast den ganzen Zoo überblicken konnte, und sah hinaus. Draußen war alles dunkel.

Müller nahm einen Schluck Kaffee, dann vertiefte er sich wieder in die Zeitung, die auf seinem Schreibtisch lag. Es war die Zeitung von heute Morgen. Sie war schon vollkommen zerfleddert, denn er hatte sie bestimmt zwanzig Mal gelesen. Aber er konnte einfach nicht genug davon bekommen. Auf Seite eins war nämlich ein riesiges Foto in Farbe abgebildet. Darauf war ein Gorilla zu sehen, wie er auf dem halbfertigen Dach eines Hauses hockte und wie wahnsinnig am Dach-

first rüttelte. Einige der Balken fielen schon herunter. Über dem Bild prangte in riesigen Buchstaben die Schlagzeile:

King Kong lebt!

Der Artikel beschrieb haarklein, wie eine Gruppe von wilden Tieren bei einem Richtfest die Feiernden in Angst und Schrecken versetzt hatte. Schließlich hatten die Tiere sogar das halbfertige Haus zum Einsturz gebracht! Ein Gorilla, ein Panther, ein Wolf und ein Stinktier. Und auf der Flucht über die Dächer der Stadt war auch noch ein Pavian gesichtet worden.

Die Nachricht hatte Zoodirektor Müller wie ein Schlag getroffen. Der Wolf und der Gorilla waren aus *seinem* Zoo ausgebrochen! Und dem schwarzen Panther war er auch schon einmal begegnet! Im Museum! Und er hatte wochen- und monatelang geglaubt, er sei verrückt geworden!

Aber jetzt hatte er den unwiderlegbaren Beweis schwarz auf weiß: Diese Tiere gab es wirklich! Er war also überhaupt nicht verrückt geworden, sondern diese Viecher! Und eins war Müller klar: Er musste sie einfangen – oder noch besser zur Strecke bringen. Schließlich schuldete er seiner Tochter Constanze noch immer ihren Pelzmantel.

Und dann war da gestern noch diese Frau gewesen, eine Zoobesucherin, die behauptet hatte, am helllichten Tag einen frei laufenden Gorilla im Zoo gesehen zu haben. Der Tierpfleger, diese Flasche, hatte zwar alles abgestritten, aber Müller glaubte ihm nicht. Das Tier, das die Frau gesehen hatte, war bestimmt *sein* Gorilla gewesen! Und Müller wollte ihn zurück.

Allerdings ging es mittlerweile um mehr. Um viel mehr! Glaubten diese Viecher etwa, sie könnten einfach so ihren Spaß mit ihm treiben? Nein, nicht mit ihm! Müller würde sie fangen und einsperren. Und aus dem Wolf würde er einen Mantel machen. Das musste sein. Der Ehre halber und der Selbstachtung.

Und genau deshalb hielt der Zoodirektor ab jetzt Wache. Was auch immer die Tiere vorhatten, sie würden Müller nie wieder überraschen. Er hatte bereits einige Vorkehrungen getroffen. Wenn sie es wagen sollten, noch einmal hierher in den

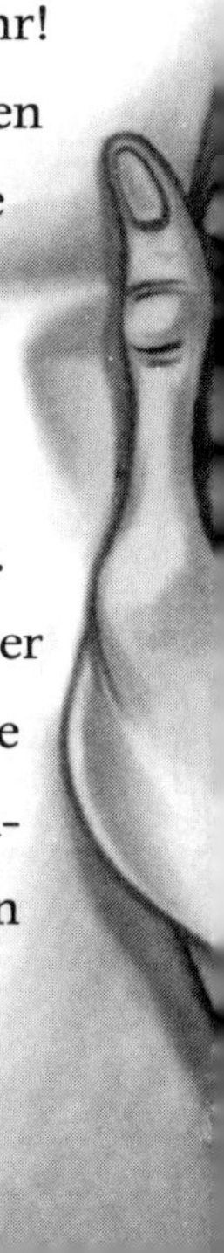

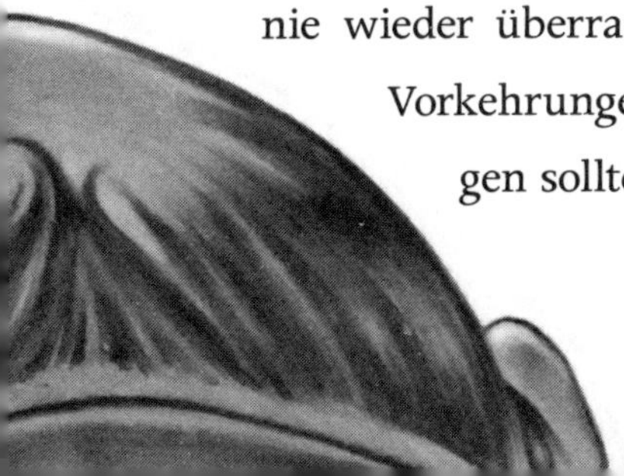

Zoo zu kommen, dann würden sie ihr blaues Wunder erleben!

Müller blätterte weiter in seiner Zeitung. Da waren noch mehr Fotos. Von dem Stinktier, wie es auf dem Dach herumturnte. Von den beiden Affen, die den Dachbalken wegtrugen. Und von dem Panther, der eine schwarz-weiße Pelzmütze trug. In dem Bericht hieß es dann allerdings, das sei keine Pelzmütze gewesen, sondern das Stinktier, das sich dem Panther auf den Kopf gesetzt und von dort aus Stinksekret verspritzt hatte. Ja, war denn das zu fassen! So etwas taten normale Tiere doch nicht! Sie waren bestimmt alle tollwütig.

Der Zoodirektor schüttelte den Kopf. Das hatte er heute schon oft getan. Jedes Mal, wenn er die Zeitung gelesen hatte. Sein Nacken tat schon ein bisschen weh davon. Müller streckte und reckte sich, nahm noch einen Schluck Kaffee, warf einen Blick aus dem Fenster – und prustete den Kaffee quer über die Zeitung.

Dort am Fenster war plötzlich ein Kopf aufgetaucht! Eine schreckliche Fratze mit leuchtenden Augen, zwei weißen Haarbüscheln über den Ohren und spitzen Zähnen. Eine scheußliche Fratze, die ihn ansah!

»Das gibt's ja nicht«, keuchte Müller. »Das ist ja der Pavian!« Schnell warf er einen Blick auf das Zeitungsbild, auf dem jetzt leider Kaffee verspritzt war. Tatsächlich: Der Pavian auf dem Foto sah genauso aus wie der Affe, der jetzt durch die Fensterscheibe zu ihm hereinblickte.

Sofort erwachte in Müller der Jagdinstinkt. Jetzt durfte er keinen Fehler machen! Ganz langsam, um den Pavian nicht zu erschrecken, stellte er den Kaffee ab, faltete die Zeitung zusammen, steckte sie ein und griff nach seinem Spazierstock. Eigentlich war es gar kein Spazierstock, sondern ein getarntes Betäubungsgewehr. Damit würde er jetzt nach draußen gehen und die Bestie zur Strecke bringen!

Doch noch bevor Müller sich aus dem Stuhl stemmen konnte, tat der Pavian vor seinem Fenster etwas Erstaunliches: Er krümmte seinen Zeigfinger und winkte ihn damit zu sich. So als wollte er sagen: Folge mir!

Müller schüttelte ungläubig den Kopf. Ging das jetzt schon wieder los mit diesen Halluzinationen? Hatte er nicht gerade eben noch den Beweis in der Hand gehalten, *nicht* verrückt geworden zu sein? Die Zeitung berichtete doch, dass es irgendwo in der Stadt einen Haufen tollwütiger Tiere gab, die Menschen angriffen und Häuser zum Einstürzen brachten? Aber dieser Pavian war einfach zu viel. Er machte geradezu den Eindruck, als wollte er mit ihm reden!

Müller ließ alle Vorsicht fahren, packte seinen Stock fester und trat damit entschlossen aus der Tür. Er ging um die Ecke – und der Affe war verschwunden.

»Das darf doch nicht wahr sein«, knurrte Müller wütend, doch da hörte er plötzlich etwas in der Dunkelheit rascheln. Da war das Vieh ja wieder! Es hockte hinter einem Strauch in der Nähe des Zebrageheges und blickte zu ihm herüber. Wie ein Dämon, mit leuchtenden Augen – merkwürdig intelligenten Augen. Es schien, als wartete der Pavian auf Müller.

Der Zoodirektor ging näher heran. Doch immer kurz bevor er in Schussweite war, setzte sich der Pavian wieder in Bewegung und rannte über die kiesbestreuten Besucherwege ein Stück tiefer in den Zoo hinein.

Müller folgte ihm. Vorbei am Elefantengehege, vorbei an den Straußen, vorbei an den schlafenden Krokodilen. Inzwischen war Müller sicher: Der Pavian wollte ihn irgendwo hinführen. Aber warum lief der Affe denn ausgerechnet in Richtung Spielplatz?

10. Kapitel

Während Zoodirektor Müller dem geheimnisvollen Pavian folgte, hatten Hamlet, Shiva, Barnabas und Tulpe den Zoo durchquert und das Bibergehege erreicht.

»Da wären wir«, sagte Hamlet. Auf dem Weg hierher hatten die vertrauten Gerüche den Wolf beinahe überwältigt. Er war kurz davor gewesen, ein lautes Wolfsheulen auszustoßen, um seine alten Freunde zu begrüßen. Aber sie mussten so leise und vorsichtig wie möglich vorgehen. Müller wohnte auf dem Zoogelände. Und er war unberechenbar.

Die Biber hatten ein Freigehege, das durch einen Tunnel mit einem Haus verbunden war. Und wirklich waren die Biber gerade drinnen. Nur einer streunte draußen herum und zerkleinerte einen Ast. Hamlet kannte den Biber nicht. Aber offenbar kannte der Biber ihn.

»Wow!«, pfiff er, als er die Gruppe von Tieren bemerkte, die plötzlich vor dem Zaun seines Geheges aufgetaucht war.

Er setzte sich vorsichtig auf seine Hinterbeine, und seine kleine Nase zitterte aufgeregt, als versuchte er zu entscheiden, ob er in Gefahr war oder nicht. Aber dann entspannte er sich. »Du bist Hamlet, oder?«, fragte er geradeheraus. »Und du Barnabas.«

»Der kennt uns, Hammi!«, raunte Barnabas seinem Freund zu.

»Wie heißt du denn?«, wollte Hamlet wissen.

»Castor«, antwortete der Biber. »Klar kenne ich euch. Jeder im Zoo kennt euch! Ihr seid die Tiere, die für den ganzen Schlamassel verantwortlich sind! Ihr seid abgehauen, und jetzt dreht Müller völlig durch und macht uns allen das Leben zur Hölle!« Er grinste frech. »Aber andererseits seid ihr auch Helden! Helden der Revolution! Einige sagen, ihr hättet da draußen nicht überlebt, aber ich habe gewusst, dass ihr es schaffen würdet! Was *macht* ihr denn hier?« Auf einmal sah der Biber ganz erschrocken aus. »Ihr wollt doch nicht etwa zurückkommen, oder? Erzählt mir bloß nicht, dass das Leben da draußen zu schwierig ist für euch!«

»Quatsch!«, lachte Barnabas. »Wir kommen, um dich zu befreien! Dich und die anderen! Es gibt hier doch noch andere Biber, oder?«

Noch bevor Castor antworten konnte, machte Barnabas

schon einen großen Satz über den lächerlich niedrigen Zaun. Castor wich ein Stück zurück. »Befreien?«

»Ja, weil –«, setzte Barnabas zu einer Erklärung an, doch weiter kam er nicht mehr.

Plötzlich flammte ein gleißend helles Licht auf und blendete ihn so stark, dass er seine Augen bedecken musste. Das Licht war so hell, dass es alles überstrahlte. Das Gehege, die Bäume, der Weg, alles verschwand hinter einer Wand aus Licht. Shiva fauchte wütend, Hamlet begann zu knurren und Tulpe verspritzte vor Angst eine Ladung Stinksekret.

»Nicht auf mich!«, jaulte Hamlet.

»Oh Mist!«, fiepte Tulpe ängstlich. »Was ist denn das für ein fieses Licht? Das tut in den Augen weh!«

Hamlet wusste keine Antwort darauf. Die Tiere konnten einander nur noch hören und riechen, sehen konnten sie nichts mehr. Der Wolf war so durcheinander und von Tulpes Spritzer eingenebelt, dass er ein paar Sekunden brauchte, ehe es ihm gelang, sich mit Hilfe seines Geruchssinns zu orientieren.

Doch als er die Gefahr endlich witterte, war es schon zu spät.

»Habe ich euch endlich!«, drang Zoodirektor Müllers Stimme von irgendwo hinter dem Licht zu ihnen.

Shiva machte einen Satz vorwärts, dann blieb sie zitternd stehen. Sie wollte in Deckung, wusste aber nicht wohin. Überall war es hell! Wenn sie sich doch wenigstens auf Müller stürzen könnte! Aber ihre Katzenaugen waren plötzlich nutzlos geworden.

»Wir müssen verschwinden!«, rief Hamlet den anderen zu.

»Wohin denn?«, fiepte Tulpe. »Ich bin total blind!«

Im selben Augenblick sirrte etwas durch die Luft. Tulpe spürte einen kleinen Pieks in ihrer Schulter. Es dauerte nur einen Augenblick, da merkte sie, wie ihre Beine nachgaben und ihre Augen sich schlossen, obwohl sie doch eigentlich aufbleiben sollten. Im nächsten Augenblick war Tulpe eingeschlafen.

»Müller hat Tulpe betäubt!«, fauchte Shiva.

Im Bibergehege kniff Barnabas die Augen eng zusammen. Jetzt erkannte er ganz in der Nähe Müllers Gestalt. Der Zoodirektor hatte seinen Stock erhoben und zielte auf den Wolf. »Hammi!«, rief Barnabas. »Hau ab, sonst trifft er dich!«

Hamlet rannte sofort los. Aber da er Müller immer noch nicht sehen konnte und in seiner Nase ein Rest von Tulpes Gestank waberte, suchte er sich die falsche Richtung aus. Er hielt direkt auf den Zoodirektor zu!

»Nein!«, rief Barnabas verzweifelt. »Er zielt genau auf deinen Kopf!«

Der Zoodirektor stieß ein wildes Kichern aus. »Habe ich dich, Wölfchen! Willkommen zu Hause, Pelzmantel!«

Doch plötzlich erklang ein lautes Kreischen, und ein flinker Schatten sprang aus einer Baumkrone, flog auf Müller zu und warf ihn zu Boden. Müller schoss, doch der Betäubungspfeil flog ziellos in den Nachthimmel.

»So ein Glück!«, keuchte Barnabas. Er schnappte sich Castor, der viel zu durcheinander war, um zu protestieren, rannte auf den Zaun zu und sprang hinüber zu seinen Freunden.

»Wer ist das?«, rief Shiva verwirrt. »Wer hilft uns da?«

Weiß nicht, aber wir müssen weg!«, antwortete Barnabas.

Müller schien immer noch mit dem kreischenden Wesen zu kämpfen.

»Zum Zaun! Das muss die Richtung sein!« Barnabas klemmte sich die schlafende Tulpe neben Castor unter den Arm und rannte los. Nach wenigen Sätzen war er aus dem Lichtkreis und fand sich in schützender Dunkelheit. Hamlet und Shiva folgten ihm halb blind. Hinter ihnen waren immer noch Müllers wütendes Gebrüll und dieses Kreischen zu hören, aber die Tiere drehten sich erst um, als sie über den Zaun gesetzt hatten.

Der Platz vor dem Bibergehege war taghell erleuchtet. Das Licht kam von einer Reihe von Scheinwerfern. Und jetzt sahen sie, dass diese Scheinwerfer überall im Zoo standen. Das war ihnen vorher gar nicht aufgefallen. Müller lag am Rande des Lichtkreises am Boden. Der kreischende Schatten, der ihn angesprungen hatte, ließ von ihm ab, und Müller rappelte sich fluchend wieder auf.

»Das ist ...«, murmelte Shiva ungläubig, als das Geschöpf auf sie zu kam. »Aber das ist ja ...«

»Ludwig!«, rief Hamlet. Da war der Pavian auch schon bei ihnen.

»Alles in Ordnung mit ihr?«, fragte Ludwig und deutete auf Tulpe in Barnabas' Armen. Daneben starrte ein sprachloser Biber den Pavian an.

»Sie schläft«, murmelte Barnabas besorgt. »Aber was machst du denn überhaupt hier?«

»Ich ... ähm ... bin euch gefolgt«, antwortete Ludwig.

»Ausgerechnet du?«, rief Shiva.

»Was soll das denn heißen?«, fauchte Ludwig empört.

Doch weiter kamen sie nicht, denn im selben Moment wurde es hinter ihnen wieder heller. Ein weiterer Scheinwerfer war aufgeflammt und vergrößerte den Lichtkreis. Und dann wurde noch einer eingeschaltet. Und noch einer.

Stück für Stück wurde der Zoo aus der Dunkelheit gerissen. Die Tiere, die geschlafen hatten, wachten auf und brüllten, wieherten und krächzten protestierend. Und das Licht kam näher und näher.

»Sofort weg!« Hamlet drehte sich um und lief über die Straße zum nächsten Haus. Dann packte Barnabas ihn und Shiva und kletterte in rasender Geschwindigkeit in die Höhe. Neben ihnen schwang sich Ludwig nach oben.

Auf dem Dach setzte Barnabas Hamlet und Castor ab. Shiva sprang von seinem Rücken. Nur die betäubte Tulpe behielt Barnabas im Arm.

Hamlet sah hinunter. Der gesamte Zoo war in grelles, unnatürliches Licht getaucht.

»Bei dieser Beleuchtung werden wir den Zoo niemals wieder betreten können!«, keuchte der Wolf. Dann erstarrte er, denn plötzlich erklang Zoodirektor Müllers Stimme.

»Ich kriege euch! Ich weiß, dass es euch gibt! Ihr entkommt mir nicht!« In der grellen Helligkeit war die runde Gestalt des Zoodirektors zu erkennen, der seinen dunklen Stock wie ein Kriegsbeil über dem Kopf schwang.

»War der schon immer so? Das ist ja grausam!«, rief Ludwig und kicherte schrill.

»Ludwig«, wandte Shiva sich an den Pavian. »Was treibst du hier?«

»Ich bin euch gefolgt«, erwiderte Ludwig und blickte plötzlich zu Boden.

»Aber warum?«, wollte Hamlet misstrauisch wissen.

»Weil ... na ja ... ich dachte, ihr könntet vielleicht meine Hilfe gebrauchen.«

»Und warum hast du vorher nichts gesagt?«

»Jetzt lasst ihn doch mal in Ruhe«, rief Barnabas. »Er hat uns alle gerettet! Ohne Ludwig hätte Müller dich getroffen, Hamlet! Und dann Shiva und dann mich.«

Während Barnabas sprach, streichelte er unaufhörlich über Tulpes Fell. Sie schlief immer noch tief und fest.

Hamlet hielt inne. Dann nickte er. »Du hast recht, Barni. Danke, Ludwig.«

»Na ja«, knurrte Ludwig und kratzte nervös mit den Klauen über die Dachpfannen. »War eben so ein Gefühl, reiner Affeninstinkt. Ist ja alles noch mal gutgegangen.«

»Kann mir jetzt endlich mal jemand erklären, was hier los ist?«, meldete sich Castor zu Wort. Er kauerte auf dem Dach und sah sich reichlich verstört um.

Die anderen blickten den Biber an. »Wir brauchen deine Hilfe«, sagte Hamlet. »Eigentlich wollten wir fragen, ob ihr Biber zu uns kommen wollt. Alle, meine ich. Und jetzt haben wir dich aus Versehen entführt. Das war so nicht geplant.«

Castor grinste, was ein bisschen komisch aussah, denn seine langen Nagezähne wurden dabei noch ein bisschen länger. »Entführt von den Rebellen! Mächtiger Schneidezahn, was habe ich ein Glück! Natürlich bin ich dabei! Ein Glück hattet ihr den Pavian in der Reserve. Ohne den säßen wir jetzt alle ganz schön in der Tinte!«

Hamlet nickte stumm.

»Ja«, schnurrte Shiva und sah Ludwig an. In ihren bernsteinfarbenen Augen glomm eine Spur von Respekt. »Was hast du denn da in der Hand?« Shiva stupste das Stück Papier an, das Ludwig umklammert hielt.

»Das? Ach so. Das hatte Müller bei sich. Er hat es fallengelassen. Seht mal!« Ludwig strich das Papier glatt, und sie sahen eine Menge Schriftzeichen, die sie nicht lesen konnten. Viel wichtiger war allerdings das große Bild auf dem Papier. Es zeigte Barnabas auf dem Dach des Neubaus.

»Wow!«, staunte Barnabas. »Ich bin in der Heizung! Toll!«

»Zeitung«, korrigierte Hamlet ihn. »Und ich weiß nicht, ob das so toll ist.« Eine düstere Ahnung hatte ihn befallen. »Wir müssen die Zeitung Oskar zeigen. Vielleicht weiß er, was das alles zu bedeuten hat.« Er warf einen letzten Blick auf den strahlend hellen Zoo, dann wandte er sich um, und gemeinsam jagten sie über die Dächer zurück ins Paradies. Kalter Wind pfiff ihnen dabei durchs Fell.

Im Paradies war die Aufregung groß. Alle waren natürlich ganz neugierig auf Castor. Aber gleichzeitig waren sie auch besorgt um Tulpe und standen im Kreis um sie herum, weil sie immer noch nicht aufgewacht war.

Erst als Oskar aus seinem Gully eine Schnabelspitze voll Wasser brachte und dem Stinktier ins Gesicht spritzte, schlug Tulpe endlich die Augen auf. »Was ist denn los?«, fragte sie schläfrig. »Wollten wir nicht in den Zoo? Was guckt ihr denn alle so blöd?«

»Wir waren schon im Zoo«, erklärte Hamlet und berichtete, was geschehen war. Mit jedem seiner Worte wurde Tulpe wacher, und auch ihre Erinnerung kehrte Stück für Stück zurück. Als Hamlet geendet hatte, wandte sie sich an Ludwig, der wie immer abseits von den anderen auf einer seiner Lampen hockte. »Komm runter, Ludwig!«, forderte sie ihn auf.

Der Pavian zögerte, als witterte er Gefahr. »Komm du doch rauf!«

»Jetzt sei nicht so«, fiepte Tulpe. »Ich will mich doch nur bei dir bedanken!«

»Ach so.« Ludwig sprang von der Lampe und näherte sich langsam. Die anderen Tiere starrten ihn an. Keiner von ihnen hatte damit gerechnet, dass Ludwig zu so einer Heldentat fähig wäre. Jetzt waren sie alle ziemlich beeindruckt.

Tulpe kramte unter ein paar losen Steinen etwas hervor und legte es Ludwig vor die Pfoten. »Für dich«, sagte sie. »Danke, dass du uns geholfen hast.«

Ludwig blickte hinunter. Es waren zwei Marzipanschweine aus dem Kaufhaus. Er schluckte. Er mochte Marzipanschweine. Aber trotzdem fühlte er sich plötzlich so, als würde er nie wieder welche essen können. »Danke«, brachte er hervor.

Er griff sich die Marzipanschweine. Dann schwang er sich schnell zurück auf die Lampe. Die anderen mussten ja nicht sehen, wie nachdenklich er war. Ludwig war nicht begeistert von Castors Ankunft. Andererseits ... ein Biber allein würde kaum ein ganzes Schiff bauen können. Der Plan, alle Biber aus dem Zoo zu befreien, war fehlgeschlagen, und nur das zählte.

Zum Glück hatten die anderen nichts davon gemerkt, dass er es gewesen war, der Müller zum Bibergehege gelockt hatte. Im Gegenteil, sie hatten sich bei ihm bedankt, dass er Tulpe gerettet hatte. Sie mochten ihn jetzt vielleicht sogar ein bisschen und würden in Zukunft etwas netter zu ihm sein. Und das war doch gut, oder?

Und überhaupt: Es war ja auch gar nichts Schlimmes passiert. Tulpe war gesund und munter, alle waren glücklich und zufrieden. Alles bestens. Er hatte gar nichts Böses getan.

Und das Wichtigste war: Das Schiff würde trotzdem nicht fertig werden. Natürlich würden die anderen früher oder später wieder versuchen, das Schiff weiterzubauen. Aber jetzt wusste er ja, was er tun musste, um das zu verhindern.

Ludwig war ziemlich zufrieden. Schweigend spielte er mit den beiden Marzipanschweinen. Eben hatte er noch so ein komisches Gefühl im Bauch gehabt, aber das ließ langsam nach. Ein kleines bisschen Hunger bekam er jetzt doch.

Kurzentschlossen wickelte er eins der beiden Marzipanschweine aus seiner glänzenden Hülle und steckte es sich in den Mund.

Unten auf dem Paradiesplatz wandte sich Hamlet an Oskar. »Hast du schon einen Blick in diese Zeitung geworfen?«

Oskar nickte glücklich. »Ja! Ich habe alles durchgelesen. Die ganze Seite!« Doch dann wurde er sofort wieder ernst. »Die Menschen haben Bilder von euch gemacht, als ihr den Balken geholt habt. Und sie haben alles ganz genau aufgeschrieben. Wie Barnabas auf das Dach geklettert ist, und wie das Haus dann eingekracht ist und so. Ich bin nicht ganz sicher, aber ich glaube, die sind jetzt ein bisschen sauer auf uns. In der Zeitung steht, dass die Menschen ab jetzt aufpassen sollen. Weil wir gefährlich sind.«

Eine helle, etwas lispelnde Stimme unterbrach ihn: »Hey, Wildes Pack! Ich find's ja cool hier bei euch, und ihr scheint echt eine Menge irres Zeug zu machen. Aber was ist denn jetzt eigentlich euer Plan? Ihr habt doch einen Plan, oder? Schließlich braucht ihr meine Hilfe für irgendwas. Wofür denn, wenn ich fragen darf?«

Ampel wurde türkisgelb und stakselte schnell auf Castor zu. »Das zeigen wir dir am besten vor Ort. Dazu müssen wir erst durchs Labyrinth und dann in den Treibsand und in die Kristallhöhle. Da liegt nämlich der Kiel für unser Schiff!«

»Das ist das Ding, das ich auf dem Bild in der Hand halte«, erklärte Barnabas.

»Du wirst staunen!«, versprach Shiva.

»So ein großes Stück Holz habe ich noch nie gesehen!«, rief Castor, als er das Zeitungsfoto vor der Stupsnase hatte.

»In echt ist es noch viel größer!«, meinte Tulpe.

»Dreihundertachtundachtzig Chamäleonschritte lang, um genau zu sein«, verkündete Ampel stolz.

»Und was wollt ihr damit machen?«, fragte Castor noch mal nach, weil er nicht ganz sicher war, ob er das richtig verstanden hatte.

»Wir bauen ein Schiff!«, riefen alle im Chor.

»Und damit fahren wir in die Freiheit«, fuhr Oskar fort.

»Ein Schiff?«, stieß Castor hervor. »Ein richtiges Schiff? Und das baut ihr – aus Holz?«

»Caramba!«, ertönte es aus dem Gully.

»So groß?«, fragte Castor weiter.

»Da sollen ja auch alle Tiere aus dem Zoo reinpassen«, fügte Barnabas hinzu. Und plötzlich redeten wieder alle durcheinander und lachten und plapperten und waren froh, mit Castor, dem Biber, einen neuen Verbündeten gefunden zu haben.

»Ich will diesen Kiel sehen!«, lispelte Castor. »Und die Kristallhöhle und das alles!«

»Na, dann komm!«, rief Hamlet fröhlich.

Plötzlich wollte jeder der Erste sein, der Castor die Höhle und den Fluss und das Schiff zeigte. Und mit großem Hallo machte sich das Wilde Pack auf den Weg ins Labyrinth.

Das wilde Pack

Tierisch witzig, ganz schön frech!

1 Das wilde Pack
ISBN 978-3-440-11037-9

Das wilde Pack ist eine Bande von Tieren, die in verlassenen U-Bahn-Schächten und Höhlen unter der Stadt lebt. Angeführt vom Wolf Hamlet haben die Tiere nur ein Ziel: Endlich wieder in Freiheit zu leben. Dabei erlebt das wilde Pack unglaubliche Abenteuer. Und schlägt den Menschen ein Schnippchen nach dem anderen ...

2 Das wilde Pack schmiedet einen Plan
978-3-440-11038-6

3 Das wilde Pack und der geheime Fluss
978-3-440-11254-0

4 Das wilde Pack lässt es krachen
978-3-440-11255-7

5 Das wilde Pack in der Falle
978-3-440-11530-5

6 Das wilde Pack im verbotenen Wald
978-3-440-11577-0

7 Das wilde Pack in geheimer Mission
978-3-440-11583-1

8 Das wilde Pack im Schattenreich
978-3-440-11582-4

9 Das wilde Pack in voller Fahrt
978-3-440-12125-2

10 Das wilde Pack lüftet ein Geheimnis
978-3-440-12153-5

Jeder Band €/D 7,95
Preisänderung vorbehalten